JN175955

RYU NOVELS

蒼空の覇者②

鳴動する大洋！

遙　士伸

目次

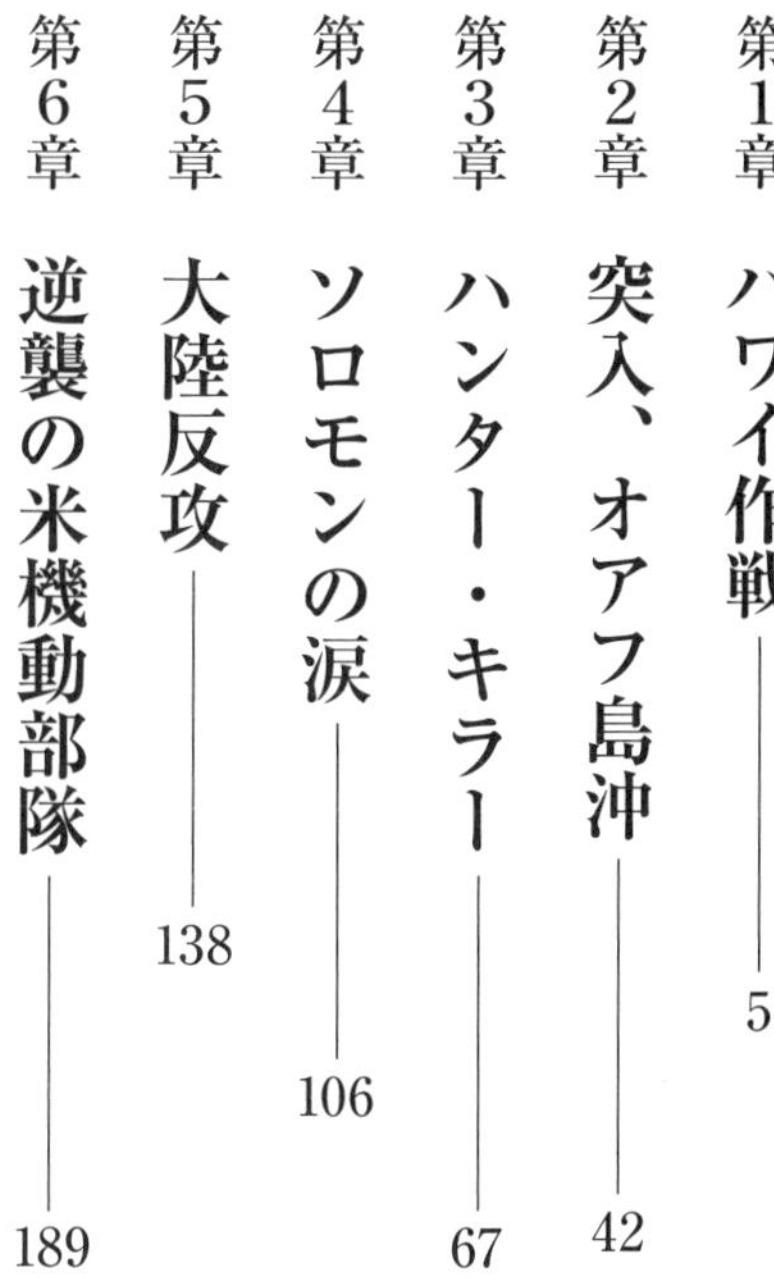

第1章　ハワイ作戦　5
第2章　突入、オアフ島沖　42
第3章　ハンター・キラー　67
第4章　ソロモンの涙　106
第5章　大陸反攻　138
第6章　逆襲の米機動部隊　189

第1章 ハワイ作戦

一九四二年一月七日　トラック

縦横五〇キロメートルにおよぶトラック環礁は、艦隊泊地として好適であるばかりでなく、環礁内部で演習すらできる広さを備えていた。

外洋の荒波を避けるとともに、潜水艦による奇襲の心配をせずにすむことは、戦時のハプニングを想定していないという点だけを別にすれば、演習に専念できる環境といえる。

軽巡洋艦『阿賀野』は高角砲を振りあげて、対空戦闘演習に入ろうとしていた。

一カ月前のカロリン諸島沖海戦で、日本海軍第一航空艦隊はトラック攻撃を企図して来襲したアメリカ太平洋艦隊を見事撃退して、艦載航空の力を全世界に知らしめた。

敗者であるアメリカ海軍がこの事実を看過するはずもなく、むしろ戦訓を詳細に分析して対策を講じてくるであろうことは容易に想像がつく。

対策とは、一航艦を真似た艦載機の空襲を前面に押したててくることである。

もちろん、空母の集中運用や艦載機の大量投射といった機動部隊構想は、一朝一夕に自分のものになるわけではない。それなりのノウハウや経験が必要とされるが、備えあれば憂いなしというのは軍にもそのままあてはまる。

『阿賀野』艦長野村留吉大佐は上空を仰ぎ見た。

日本海軍が誇る九九式艦上爆撃機が、急降下爆撃の体勢を整えようとしていた。

そのまま視線を海面に落とすと、一カ月前にアメリカ戦艦を叩きのめした九七式艦上攻撃機が、側面にまわり込んで射点につこうとしている。

「樺山少尉、木谷少尉。配置はいいな」

「はい！」

若い従兵二人の活気のある返答に、野村はまるで父親のような柔らかな笑みを見せた。

野村は海上勤務の経験に乏しく、専攻も通信という異色の指揮官だった。

ゆえに、巡洋艦の艦長などという最前線で誰よりも動かなければならないような職が務まるのかと、不安視する者も少なくなかった。

野村には秘策があった。

「右舷前方より降爆三機」

「面舵いっぱい！」

野村は急降下してくる九九式艦爆の内側に艦首を差し入れるよう指示した。

急降下爆撃は降下角度を浅く修正することは容易だが、深く修正するのは困難である。

引きおこしができなくなって海面に激突したり、最悪、速度超過で機体が空中分解したりする恐れがあるからである。

つまり、急降下爆撃を回避する基本動作といえる。

これは問題ない。一機めの投弾は大きく左に外れ、二機め、三機めも修正をはかるも、至近弾にすらならない。

「取舵いっぱい」

野村は逆方向へ舵を切る指示を出した。

一定方向への航行は極力避けて、敵に狙いを絞らせないという、先まわりした行動だった。

『阿賀野』艦長になってから、野村が経験で会得した回避術である。

「とおーりかーじ、いっぱい」

操舵長の豪快な復唱が響く。

惰性で右に向く力と、左に回頭しようとする力がせめぎあい、『阿賀野』は激しく海面を泡立たせた。

時計まわりに描かれていた航跡が乱れ、激しく撹拌(かくはん)された海水が二重三重に盛りあがる。

「舵戻せ。中央に固定。最大戦速！」

案の定、戸惑った様子の九九式艦爆が目に入った。

『阿賀野』は速力をあげて、その九九式艦爆をやり過ごした。

急降下のタイミングを外された九九式艦爆は、そのままいったん離脱していく。

「右舷前方から艦攻！」

「左舷後方に降爆三！」

状況は厳しさを増した。

雷爆同時攻撃となると、回避は格段に困難になってくる。注意力が一方にかたよっても問題だし、回頭のタイミングもきわめて限られてくる。

しかし、野村に慌てた様子はなかった。飄々(ひょうひょう)とした表情で樺山を、ついで木谷を見る。

秘策の真骨頂はここからだった。

「右舷前方の艦攻、三〇度方向。距離八〇〇〇……七〇〇〇」

「左舷の降爆、前方にまわり込みます。反転、降下に入る！」

樺山は艦攻の動きを追い、木谷は艦爆の動きを追った。

従兵を使って見張りを増やし、さらに役割を明確に分担してあたらせる。

自分はそれらの情報を得て、判断と指示に徹する。それが、野村の秘策だった。

　普通ならば、従兵を見張りに立たせたりはしない。はじめからいる見張員とともに、艦長自らも敵機の動きを観察しながら、対空戦闘の指示を出すというのが従来のやり方だった。自分の目で見てはじめて、正しい対処指示ができると信じる艦長も多い。

　しかし、水雷や砲術出身でたっぷりと海上で経験を積んできたベテランの艦長と自分とでは違うと、野村ははっきりと悟っていた。

　自分には卓越した操艦技術も、経験で培われた直感力や判断力もない。それを正しく自覚できることが、野村の長所だった。

　ならば、どうするか？　自分なりのやり方があるはずだ。

　そこで、はじめは偶然だったが、雷撃と爆撃の監視を分けること、監視の人数を増員すること、自分は情報の受け手に徹すること、といった方法を野村は編みだしたのである。

「舵戻せ。面舵いっぱい！」

「後進半速！」

「取舵三〇度！　回頭終わり次第、両舷前進全速！」

　その日、野村は急降下爆撃と雷撃の回避を完璧にしてみせた。

　野村は「秘策」の有効性に、さらに確信を深めたのだった。

一九四二年四月一〇日　東京・霞が関

　連合艦隊司令長官山本五十六大将は、激しい憤（いきどお）りを覚えていた。

　睨（にら）むような視線の先にいるのは、海軍大臣及川古志郎大将である。

「たしかに、自分も過去には積極策につぐ積極策、攻勢につぐ攻勢で短期決戦を挑み、勝利を重ねる以外に対米戦勝利の可能性などないと考えておりました。

しかしそれは、我が国が単独でアメリカと戦わねばならない。いわば、いちかばちかの賭けが必要だったときのことです。ですが、今は違う」

山本は念を押すように、そこでいったん言葉を切った。

「今はイギリスとの同盟があります。フィリピンを奪取し、南方との連絡線を確保した。最大の敵だったアメリカ太平洋艦隊も半身不随にして撃退した。

だからこそ、この二カ月半の間、我々は長期不敗体制を確立すべく、守りを固めてきたのではなかったのですか」

口調こそ穏やかだったが、山本の一語一語には強い怒りと責めとが込められていた。

一月末のカロリン諸島沖海戦以降、日本軍はトラックやマーシャルをはじめとする前線各拠点への燃料や弾薬の備蓄を進めるとともに、航空戦力や潜水艦戦力を増強して、迎撃のための戦力を整えてきた。

さらに沿岸にはトーチカを設けたり、強力な沿岸砲を据えつけたりして、強固な防衛戦を築こうとしてきた。

それが、こうである。

及川はあえて視線を逸(そ)らしている。

及川が山本に告げたのは、次期作戦がイギリスと合同の「ハワイ攻略」になるということだった。

「ハワイ攻撃」や「パールハーバー襲撃」ということならまだしも「攻略」である。

つまり、アメリカ太平洋艦隊の母港パールハーバーを含むハワイ諸島から敵を一掃して、占領しようという作戦である。

いかにイギリスおよびその連邦構成国との合同作戦とはいえ、あまりに壮大で実力を超えたものであるというのが、山本の考えだった。

「そもそも我が軍の戦略決定は、大本営が行うべきものではありませんか」

「いやな。この件は外交が絡んでおって、より上のレベルで決定されてな。もちろん、大本営の追認はとるつもりだ」

(やはり、そうか)

山本はこの件の裏に、イギリスの強い意向があることを悟った。

その上で、イギリスはもっともくみしやすい人物——目の前の海軍大臣及川古志郎大将をターゲットとして話を持ち込み、強引に了承をとりつけたに違いない。

「首相はご存知なのですか？　とうてい承知するとは思えませんが」

「海軍に自信があるのなら、と認めていただいた。陸軍もそうだ」

「自信がある⁉」

山本は唖然として目をしばたたいた。

そんな自信があるのならば、この二カ月半の間に行動を起こしている。答えはわかっていたが、山本はあえて尋ねた。

「それで、自信があると答えたのですか」

「それはな。うん」

及川は口ごもった。

恐らく、イギリスから話を持ち込まれたとき、及川ははっきりとは返答をせず、それが肯定とみなされたのだろう。それで引っ込みがつかなくなって、弱々しくも自信があるとの主張にいきついたと思われる。

(駄目だ、この人は)

及川は優柔不断で自己主張の弱い人物として知られていた。逆にそれが上や周囲の人間からは扱いやすく、重宝されて出世してきたといえる。

だが、戦時にそれでは困る。

戦略の錯誤は、敗戦への扉を開ける招待状となってしまう。

「イギリスはどう主張していたのですか」

山本は核心を衝いた。

「イギリスもそれなりの目的や根拠があっての主張のはずです」

「…………」

数秒間の沈黙の後、山本の刺すような視線に、及川は観念して口を開いた。

「『アメリカ太平洋艦隊を壊滅に追い込んだ。この絶好の機会を逃すことはない。敵の攻勢を止めるには、その出どころを断つのが一番である』というのが、あちらの主張だ。

幸い、重油をはじめとする燃料は豊富にある。陸上兵力も我が軍の陸軍抜きでも、オーストラリア軍から調達の目途が立つからな。それにだ」

及川は自己の主張をつけ足した。山本に対するせめてもの反撃だった。

「世界を見渡しても、我がほうに吉風が吹きはじめているのは間違いあるまい」

及川が言うように、世界大戦としての環境も日英有利に整いはじめていた。

中国では国民党と共産党の内戦が激化し、日本は敵だった国民党の蔣介石政権と停戦合意に至って、大陸戦線は消滅した。

また、欧州ではドイツが突如、ソ連との戦端を開いてイギリスへの圧力が弱まった。日本軍の欧州派遣部隊もイギリス本土の防空と少数の水上部隊にとどめることで、先日イギリスと合意したばかりである。

ハワイ攻略というイギリスの主張が現実味を帯びてきたのも、嘘ではなかった。

しかし、しかしである。

カロリン諸島沖海戦でも、ヌーメア沖海戦でも、いずれも自分たちは守る側に立っての勝利だった。

これが逆になった場合、本当に勝てるのか。攻める側には三倍の兵力が必要という、戦いの鉄則もある。

仮にその作戦がうまくいったとしても、補給は追いつくのか。延びきった補給線が敵の攻撃に晒された場合、それを撃退できるのか。ハワイ上陸部隊が孤立でもしたら、それを救出するのはそれこそ至難の業になるのではないか。

山本の心配は尽きなかった。

日本単独であればまず実行不可能な作戦だが、この作戦が失敗に終われば、逆に日英同盟が災いしたということになる。

山本だけではない。この後ハワイ攻略作戦を伝えられた現場の指揮官たちの中には、驚きや戸惑いを隠せない者が少なくなかった。

しかし、賽は投げられた。

ひとたび命令を与えられたら、その遂行に全力を尽くさねばならないのが軍人である。

「まあ、心配はいらんよ。次期決戦の詳細については、軍令部に要請済みだ。貴官らは立案された作戦計画にしたがって、それを淡々と遂行さえしてくれればそれでいい」

その瞬間、山本は全身の血が沸騰したような気がした。

たしかに、山本が指揮する連合艦隊司令部から見れば、軍令部は上級司令部であり、戦況の分析や作戦立案もそこの仕事であることは間違いない。

しかし、その軍令部の長たる総長永野修身大将は、以前から山本とは対立する関係にあった。

つまり、今回の件は山本外しと言いかえることもできなくない。

(そんなことならば、この山本を解任してからになさるがいい!)

そんな言葉が喉元から出かかったが、寸前のところで山本は感情の爆発を押さえ込んだ。

たとえ方針が気に入らなかったとしても、ここで職を投げだすわけにはいかない。悪条件でも、その中で最善、最適な結果を導くのが自分の仕事だと、山本は自分に言いきかせた。

「本分を尽くします」

山本は敬礼して及川に背を向けた。

扉の向こうに消える山本の背は、かすかに震えていた。失望と屈辱に必死に耐える、感情のざわめきだった。

同日　瀬戸内海・柱島泊地

重巡洋艦『鳥海』は機関のオーバーホールと乗組員の休養を兼ねて、約半年ぶりに母港に帰港した。

いつのまにか梅や桜の季節はすっかり終わり、島々は鮮やかな新緑に彩られていた。

(やはり祖国はいい)

『鳥海』艦長早川幹夫大佐は目を細めた。

戦場の中心となっている南方と違って、日本には四季の風情がある。

祖国の光景は疲弊し、病んだ気持ちを包み込むように癒してくれるような気がした。

「おい、あれ」

「あ、ああ」

艦内がざわめいた。

上甲板で作業中だった者や、窓越しに目を向ける者たちの視線が、正面の奥に集まるのが早川にもわかった。

「あれが『大和』か」

早川も感嘆の息を漏らした。

将兵の熱視線を一身に浴びているのは、竣工したばかりと聞く新鋭戦艦『大和』だった。

その大きさが途方もないことは、遠目にもよくわかった。

となりに投錨（とうびょう）しているのが長門型戦艦であるのはよくわかるが、それがまるで巡洋艦程度にしか見えないからだ。

いったい全体どれくらいの艦なのだろうと、畏怖の感情さえ湧かせてくる。

『鳥海』は『大和』に向かって前進する。

『長門』が巡洋艦ならば、『鳥海』など駆逐艦にしか見えないだろう。

近づくにつれて、『大和』の艦影があらわとなってくる。

まず感じるのが、艦そのものが近代的にまとまっているということだ。

長門型戦艦以前の戦艦は、改装を繰りかえしたこともあって、ごてごてとあれこれつけ足した印象を拭（ぬぐ）えないが、『大和』は違う。

艦体と各種の艦上構造物が見事に一体となり、流麗な構造美を放っている。

丈高い艦橋構造物も、ただ高いだけではなく、明治から大正末期にかけて浅草にあった凌雲閣（りょううんかく）を想起させる、すらりとしたハイカラなものだ。見苦しい突起はほとんどない。

また、それ以上に驚かされるのが艦の幅である。大げさに言えば一瞬、長門型戦艦が二隻並ぶことができるのではないかと思わせるほどだ。

当然、砲塔も桁違いに大きい。小高い山から巨大な砲口が三つ覗いているかのようだ。

考えようによっては、その砲からすれば、艦体はむしろ小さすぎるくらいなのかもしれない。

被弾の際の投影面積からすれば好都合なことであり、そのへんに日本の造船技術や建艦設計の粋が凝らされているに違いない。

海上要塞や浮かべる城といった、ありふれた言葉では言い尽くせない、圧倒的な威容だった。

『大和』は国力に劣る日本ゆえの、個艦優越主義に基づいて建造された。

既存のアメリカ戦艦はもとより、近い将来出現するであろうアメリカの新戦艦までも見据えて、それを確実に撃沈できる装備を与えられている。

それが、空前絶後の口径四六センチの巨砲である。

アメリカ戦艦が搭載する砲は、パナマ運河の通航という制限から口径一六インチ、つまり四〇・六センチが上限となる。

つまり射程、威力ともに格下になる。

この優位性を生かして、敵が撃ってこられない距離から一方的に射弾を浴びせて撃沈する。

それが『大和』の設計と運用の基本思想だった。

「大艦巨砲主義の権化か」

早川は複雑な感情を絡めてつぶやいた。

日本海軍の建艦計画では、『大和』の同型艦は建造されない。

より正確に言えば、二番艦は建造途中で、三番艦は計画のみで、中止されたのである。

これだけの戦艦を造る技術がありながらもったいないという思いと、『大和』だけでも本当に必要だったのかという思いとが、早川の胸中で交錯していた。

なぜなら、日本海軍はすでに大艦巨砲主義を捨てて航空主兵主義に走り、戦力編成から作戦構想、戦略等々すべて航空を中心にまわしているからである。

そのために、大和型戦艦も一番艦『大和』だけで建造が打ちきりとなった。

(完全に時機を逸して登場したこの艦は、どういったところに働き場所を見つけるのだろうか。もっとも、水雷屋の俺には関係ないがな)

早川はあくまで第三者的に『大和』を眺めていた。うねるような曲線を描いた最上甲板上では、乗組員が忙しそうに動きまわっている。

まさか後日、自分がこの『大和』に大きく関わることになろうとは、この時点で早川は予想だにしていなかった。

一九四二年六月五日　オアフ島南方海域

ハワイ攻略を狙う日英の合同艦隊は、南からオアフ島に迫っていた。

第一の攻撃目標はオアフ島に点在する航空施設であり、滑走路や駐機場を爆撃して敵機の行動を阻む。

最低でも数百機は展開しているであろう敵機は、地上で破壊するのが理想だが、最悪残っていたにしても飛びたたせさえしなければ目的は達成できる。

制空権を確保した後で、アメリカ太平洋艦隊の母港パールハーバーに攻撃目標を移し、在泊艦艇ともども敵の陸上施設を叩きのめす。

こうして陸海空で敵を黙らせた後、満を持して上陸部隊が揚陸作戦を開始する。

それが今回のハワイ作戦、略してＨＩ作戦の骨子である。

先兵となるのは、日本海軍の第一航空艦隊である。四カ月あまり前、カロリン諸島沖でアメリカ戦艦群を一蹴した実力には、ますます磨きがかかっている。

その後詰めとして登場するのが、イギリス東洋艦隊と日本の東部方面艦隊である。

東部方面艦隊というのは、近藤信竹中将を司令長官として、第一艦隊と第二艦隊の水上部隊をまとめた艦隊をさす。

これらの水上部隊は、一航艦が撃ち漏らした残敵を掃討し、揚陸作戦の土台を盤石なものにするよう期待されている。

そして、最後にオーストラリア陸軍の将兵を乗せた輸送船団がオアフ島に殺到し、東西から全島の掌握をはかる。

一方、オアフ島への上陸と占領を進めるうちに、一航艦やイギリス東洋艦隊は順次、ハワイ島の攻略等に着手していくことになる。

しかし、指揮官クラスの中にも、そんなに簡単に事が運ぶだろうかと、疑問や不安を抱えている者もいた。

第二航空戦隊司令官山口多聞少将である。

けっして臆病なわけではない。現実を冷静に見て、客観的に考えることができるからこその思いだった。

フィリピン攻略作戦を別とすれば、日本海軍は戦前から専守防衛を基本としてきた。

敵を自分たちの勢力圏に呼び込んでから、総力を結集して叩くということである。

いざ対米戦に突入してからも、カロリン諸島沖での海戦もニューカレドニアの防衛も、その例に漏れなかった。

しかし、今回は違う。

ここは紛れもない敵地であり、しかも太平洋艦隊の母港という本丸なのである。

敵もそうやすやすと明け渡すはずがない。それこそ、死にもの狂いで二重三重の防衛手段を繰りだしてくるに違いないと山口は考えていた。

(嫌な予感がする)

海は荒れていた。艦の動揺は激しく、発艦に支障をきたすほどだった。

夜明けとともに飛びたつ第一次攻撃隊も二三〇機の予定のところ、時間の制約から一割ほどが見送られた。

機数を揃えて攻撃力を万全にしようと発艦作業に時間をかければ、敵に気づかれて強襲となる可能性が高い。

一方、攻撃力低下に目をつぶって、予定時刻どおりに発艦できるだけの機数で攻撃を強行すれば、奇襲効果は確保できる可能性が高い。

その二択を天秤にかけて、一航艦司令部は後者を選択したのである。

その判断に口を挟むつもりはなかったが、山口は言い知れぬ悪寒に襲われていた。

それは攻撃隊発艦終了後、三〇分としないうちに現実となった。

「『大鳳』より入電。『て、敵機来襲! 対、対空戦闘用意』」

通信手の声は裏返っていた。

「敵機だと!」

航空参謀鈴木栄二郎少佐が目を剥く。

「なにかの間違いではないのか? 本艦や『蒼龍』の見張員からはなんの報告もないだろう」

「イギリス製の電探かもしれんな」

(招かれざる客か)

山口は努めて冷静に切りだした。不安は的中したが、動揺は部下にも伝わるし、判断を鈍らせる。

状況がどうあれ、最善の策を講じるのが指揮官の務めだと、あらためて山口は思い返した。

「電探、ですか」

首席参謀伊藤清六中佐は、一航艦旗艦『大鳳』

の方角に目を向けた。

第二次日英同盟の成果として艦隊や航空隊の共闘以外にも、イギリス製の兵器導入が始まっている。

もちろん、日本が優る部分もなくはないが、補助兵装、特に電波兵器に関して、イギリスは日本の数段先を進んでいた。

その先駆けとして導入された電探が、一航艦旗艦『大鳳』には備わっていたが、二航戦の『飛龍』『蒼龍』にはまだ届いていなかった。

「艦隊司令部も、まさか一人や二人の判断ではあるまい。機数や針路から敵の空襲と判断したのだろう」

「『赤城』『加賀』、艦載機収容始めます」

二航戦旗艦『飛龍』の後ろにいた二隻が、慌てて艦載機を下げはじめている。今ごろ飛行甲板上では整備員だけでなく、搭乗員も総出で艦載機を押していることだろう。

エレベーターのチャイムが鳴り、怒号が行き交っているかもしれない。

「発艦だ。上がっている機は、全機空中退避させよ。そのほうが早い」

山口は断を下した。

自力発艦と違ってカタパルトが利用できる今は、一機あたりの発艦時間が短く、連続発艦が可能である。

それに加えて、敵機はまだ見張員の視界に入るほどではない。

第一次攻撃に出られなかった機と第二次攻撃のために飛行甲板に上げた機は、すべて空中に逃がすことができると、山口は判断したのである。

最悪、敵の空襲で被弾した際も、格納甲板が空に近いほうが被害も少ないという副次効果も期待できる。

「はっ。二航戦、飛行甲板上で待機中の機は、全機発艦させます。対空戦闘用意」

「総員、戦闘配置！　急速発艦」

　伊藤の復唱に続いて、『飛龍』艦長加来止男（かくとめお）大佐が命じる。

　艦内の緊張は頂点に達し、飛行甲板脇の高角砲や機銃がいっせいに天を仰ぐ。

「しかし、敵の偵察機が現れたという報告も形跡もなかったと思いますが。敵はどうやって、我々の位置を」

「潜水艦かもしれんな」

　首をひねる伊藤に、山口は海面を見おろしながら答えた。

「下手をすれば、昨日あたりからつけられていたのかもしれん。なにせ、ここは敵地だ。地の利は敵にある。敵は自在に動ける反面、我々は手探りに近いからな。それを常に頭に入れておかんと、痛い目に遭いかねんぞ」

　山口はここが敵地であることを、あらためて思い知らされたような気がした。

　このぶんでいくと、オアフ島の敵飛行場制圧に向かった第一次攻撃隊も、十中八九、奇襲は望めない。

　敵が手ぐすねひいて待ちかまえる中への強襲となれば、戦果僅少（きんしょう）、被害甚大ということにすらなりかねない。

　山口は難しい顔をして北の空に目を向けた。不安材料ばかりに目を向けて逃げだすつもりなど毛頭ない。

　だが、当初の作戦計画がすでに崩れているなか、盲目的に計画を進めることは自殺行為である。

　いかにして、この状況を立てなおすか。最終的な作戦目的達成のためには、作戦をどう修正していくべきかと、山口の思考はすでに次に向けて動いていた。

　やがて敵機の爆撃が始まった。

『赤城』と『加賀』から、うっすらとした煙があがる。被弾によるものではない。収容しかけた艦載機が飛行甲板から落下したり、衝突したりして上がった煙だった。


　空で戦う者たちは、さらに「敵地」を痛感させられたといえる。

　第一次攻撃隊として出撃した、空母『大鳳』戦闘機隊第一中隊第三小隊長、田澤永江飛行兵曹長もその一人だった。

「ずいぶんと早いお出ましで」

「敵機発見」との報せに、田澤はあからさまに片目を歪ませた。

　攻撃隊は、まだオアフ島が見える位置にすら到達していない。これほど手前で敵機の邀撃を受けるとは、まったくの想定外だった。

　しかも敵機は虫が湧くように、次々と現れてくる。ぱっと見たところ、すでに数十機に達していると思われた。

「制空隊、前へ」

　まず制空を任務とする戦闘機隊が飛びだした。田澤の小隊は爆撃隊の護衛を割りあてられているため、あえて後ろに残る。

　爆撃隊につかず離れずの位置で、近寄ってくる敵戦闘機を追いはらうのが役目である。

　第一次攻撃隊は、制空と護衛を任務とする零式艦上戦闘機六九機、急降下爆撃を任務とする九九式艦上爆撃機八〇機、水平爆撃と雷撃を任務とする九七式艦上攻撃機五二機の戦爆雷連合である。

　九七式艦攻が著しく少ないのは、悪天候による発艦遅延の影響である。時間の制約で機数が絞られたことが、最後発として飛びたつ九七式艦攻にしわ寄せとなって表れたのである。

「お手並み拝見といくか」

田澤は警戒しつつ、つぶやいた。

四カ月あまり前のカロリン諸島沖海戦では、敵戦闘機はとうとう最後まで姿を現さず、田澤は敵艦への銃撃に終始した。

その後はマーシャルやニューカレドニア方面で散発的な空戦が生起していたものの、田澤が所属する一航艦がその場に出くわすことはなかった。

フィリピン攻略戦はもっぱら基地航空隊の独壇場だったといえ、田澤らがアメリカ軍、ひいてはアメリカ軍戦闘機と相まみえるのは、意外にも今回が初めてだったのである。

制空隊が敵と接触したらしい。

赤や橙色の光が明滅し、飛行機雲が複雑に絡みあいはじめる。そのうち、黄白色の閃光が宙を貫いては消えていく。

どちらが優勢なのかはわからない。願わくは、制空隊が阻止しきってくれればいいが、そううまくいくはずがない。

「枝野、亀山。来るぞ！」

田澤は二番機の枝野哲蔵二等飛行兵曹と三番機の亀山一平二等飛行兵に注意を促した。

そうこうしている間に、制空隊の邀撃網をすり抜けた敵機が迫ってくる。

まずは五、六機。そのうちの二機が、田澤らが守る艦爆のほうに降下してくる。

「やらせるか！」

田澤は敵機に機首を向けた。

上下に長い機首から、敵機はアメリカ陸軍のカーチスP40ウォーホークらしい。

（このまま来る）

田澤は戦訓と、敵機の性能や特徴をよく理解して分析していた。

Ｐ40は旋回性能よりも速度性能に軸足の置かれた機であり、搭乗員は格闘戦を好まずに一撃離脱に走る傾向が強いはずだった。

田澤が戦った経験のあるドイツ空軍のメッサーシュミットＢｆ１０９と同じである。となれば、対処法も心得ているつもりだった。

一度操縦桿を引いて、敵機の針路の上に出る。誘いをかける意味もあったが、敵機はかまわず突っ込んでくるようだ。

(それならそれでいい)

田澤は横目で敵機に視線を貼りつけたまま、左のフットバーを蹴り、操縦桿を左に倒した。

右の主翼が跳ねあがり、零戦のスマートな機体が左に流れる。

田澤はタイミングよく操縦桿を引きつけた。

明灰白色に塗装された機体が、裏返しになりつつ旋回する。

栄発動機を据えた機首が、敵の針路に先回りするように下を向く。

田澤はスロットルレバーに併設された機銃の発射把丙を握った。

機首の銃口が閃き、細かいが密集した火箭(かせん)が宙を貫いていく。

やや距離があると見て、田澤は一撃必殺の二〇ミリではなく、威力は劣るが弾道の低伸性に優れる七・七ミリの機銃を選択したのである。

直進する曳痕は敵機の針路と交錯し、やがて敵機は自らそこに飛び込む形で墜落した。

命中の瞬間、激しい火花が散ったものの、敵機に大きな外観上の変化はないように見えた。

しかし、よろめくようにして速力を失った敵機は、そのまま姿勢を立てなおすことなく下方に消えた。

破壊力の小さい七・七ミリ弾だが、集中して、あるいは急所に命中しさえすれば、充分に敵を落とせる。

恐らく、敵機はプロペラを跳ね飛ばされたか、エンジンを傷つけられたかして、推進力を失ったものと思われる。

すぐに二番機がやってくる。風を巻いたＰ40が砲弾のように降ってくる。

急降下は零戦より無理が利くのかもしれない。それだけ敵機が頑丈に造られている証だろう。

巨大な特徴的機首は、口を開けた人食い鮫を思わせる。

田澤に銃撃の機会はない。後続の枝野と亀山が射弾を突き込むが、命中には至らない。

Ｐ40は機体をねじるようにして、そのまま降下、離脱していく。

「追わなくていい！」

追撃をかけるそぶりを見せた亀山を田澤は制した。

「自分たちの本分は艦爆の護衛だ。敵機を撃墜できなくとも、銃撃を狂わせられればそれでいい」

田澤の言うとおりだった。枝野と亀山は敵機を撃墜できなかったが、牽制して銃撃のタイミングと照準を外させた。

九九式艦爆を狙った敵機の銃撃は大きく逸れ、被弾した機は一機もなかった。

田澤の小隊は任務を果たしたのである。

敵機を追いまわしている間に、艦爆を落とされては本末転倒である。自分たちは艦爆のそばを離れずに、警戒の目を光らせていればそれでいい。

田澤の短い言葉には、それだけの意味が込められていた。

「わかりました」

亀山は定位置に戻った。

はっきりと見えるはずもなかったが、艦爆の搭乗員たちの安心感が伝わってくるような気がした。

しかし当然、敵も必死である。

制空隊の奮戦もむなしく、その網を突破してくる機が五機、六機……さらに一〇機、二〇機と増えてくる。

「そう、やすやすと通してくれるとは思っていなかったが」

田澤はうめいた。

出現した敵戦闘機は、すでに一〇〇機どころではない。

田澤ははじめの二機と同様に、追ってくるP40二機を迎えうった。一機めは追いはらうにとどまったが、二機めは枝野が仕留めた。

P40は炎まじりの黒煙を吐きながら、悲鳴じみた音を発して墜落していく。

しかし、敵は次々とやってきた。

護衛の零戦が吊りだされた隙に襲われた九九式艦爆が一機、また一機と撃墜されていく。

ある九九式艦爆は搭乗員を射殺され、風防を真っ赤に染めて海面に激突して果てる。また、別の九九式艦爆は敵に叩きつけるつもりだった二五〇キロ爆弾に直撃を食らい、閃光と轟音を残して木っ端微塵に砕け散る。

当然、それらの爆風や爆炎、大小多数の破片は周辺の僚機を巻き込み、冥界へ道連れにしていく。

また、零戦も全体的には優勢に見えるが、個別に追い込まれる機も出てきている。

搭乗員の技量で明らかに劣る零戦は、真っ向からの一対一の空戦に敗れて高空に散華するが、それは例外である。

撃墜される零戦は、二機や三機の敵機に囲まれて、押しつぶされるようにして落とされていく。

「これがアメリカの力か」

田澤は敵の本質を垣間見た。

一機一機を比べてみれば、やはり空戦経験の豊富なドイツ空軍機のほうが搭乗員の技量は高く、機体性能も上で強敵と思われる。

だが、アメリカ軍にはドイツ空軍をはるかに上まわる数の力がある。

戦艦をはじめとする艦艇の数で、自分たち日本海軍はアメリカ海軍に劣っており、個艦優越と猛訓練による高い技量でそれを補うべく、血の滲む（にじ）ような努力をしてきた。

その上で、自分たちはわずかな勝機を広げるべく、大艦巨砲主義から航空主兵主義へ転換して、その分野ではアメリカの二歩も三歩も先を行っているはずだった。

しかし、少なくとも数といった点では、その解釈は当てはまらない。本質的には航空も水上艦艇も変わらない。

敵を上まわる数の機体が望まれるのは当然だが、自分たち搭乗員は常に一人で二機、三機の敵を相手取って、それを退ける覚悟が必要なのだ。

そうした現実と認識を、田澤は浴びせかけられたような気がした。

対米戦は始まったばかりである。

カロリン諸島沖海戦の大勝利で、海軍にも国にも、もう勝ったような浮かれぶりが散見されたが、この先はけっして楽な道ではない。

それこそ、断崖絶壁を登ったり、炎をかき分けて進んだりしなければならないような、苦難の道が待っているのかもしれないと、田澤はあらためて気を引き締めなおしていた。

同日同時刻　オアフ島南南西海域

日本海軍第一航空艦隊がオアフ島から飛来したと思われる敵機の空襲を受けているころ、その後方一〇〇海里に位置する日英の水上艦隊上空にも、敵機が飛来していた。

後詰めで残敵掃討を任務とするイギリス東洋艦隊と日本海軍東部方面艦隊の上空である。

東部方面艦隊というのは、今回のハワイ作戦のために臨時に編成された艦隊であり、戦艦中心の第一艦隊と巡洋艦中心の第二艦隊とを合わせた日本海軍の主力水上部隊といってよかった。

この空域の直衛はイギリス側が負っていた。

「さすがに敵の本拠地だけあって守りが堅いな。想像以上に対応が早い」

先手を打ったつもりでいながら、敵に動きが読まれているという現状に、空母『インドミタブル』戦闘機隊に所属するブレンダン・フィニュケン大尉はうなった。

たしかに自分たちにあてはめれば、本国艦隊の母港であるスコットランド北方のオークニー諸島スカパフローに該当する。

警戒は厳重であり、この程度の反応は当然覚悟しておくべきだったのかもしれない。

「まあ、甘くはないということだ」

「Go、Go、Go、Go!」

露骨にせかしながら機体を並べてきたのは、フィニュケンの二番機を務めるジョージ・バーリング少尉である。上官に対しても遠慮のない行動は、いかにもバーリングらしかった。

これを強く嫌悪する者もいたが、フィニュケンは戒めるつもりはなかった。

そういった態度や性格も含めた上で使いこなすのが自分の役割だと、フィニュケンは考えていた。バーリングの腕はたしかであり、精神面も勘案しながら実力を最大限引きだして戦果をあげる。

それが上官としての優先事項だった。

「レッツ・ゴー!」

フィニュケンとバーリングは攻撃態勢に入った。

液冷エンジン特有の先細りの機首とファストバック式のコクピット、扇形の主翼からなるスーパーマリン・シーファイアが、本国から遠く離れた東太平洋上を舞った。

襲ってきたのは、四発の重爆撃機だった。空を圧するようなエンジン音を響かせながら迫ってくる。

フィニュケンは記憶に畳んだ敵機の識別表をめくった。

尾部にかけて若干絞りぎみの胴体と中翼式で広めの主翼、逆T字の尾翼と、機影に斬新な点はないが、それがかえって安定感と頑丈な印象を与えてくる。

アメリカ陸軍航空隊のボーイングＢ17フライング・フォートレスである。

たしか、少数だが日本軍がフィリピンで戦った記録があり、その名に恥じない防御力で手を焼かせたという。

機数は四〇機から五〇機といったところか。

直衛で出ていたシーファイアおよそ三〇機が、投弾を阻止すべく高空に駆けあがる。

しつこくやってくるドイツ空軍機から、首都ロンドンを守りとおしてきたこの腕をもって、今度は連邦の崩壊を目論む新大陸の者たちの野望を打ち砕く。

そんな思いを抱くパイロットも多かったのだが……。

「Ｗｈａｔ！」

フィニュケンは思わず声をあげた。

Ｂ17の防御火力は、想像をはるかに超えるものだった。ほぼいっせいに放たれた機銃弾は、すぐに弾幕を形成した。

弾幕はまさに空を埋め尽くす勢いであり、不用意に接近したシーファイア二機が、たちまちその火網に捉えられ、破壊されていく。

墜落ではない。弾幕の中で無数の銃弾を食らったシーファイアは、まるでピラニアの群れにでも襲われたかのように、エンジン部や胴体、主翼や尾翼、コクピットからなにからなにまで噛みちぎられ、四分五裂して果てていったのである。

「なんという凄まじい射撃か」

空の要塞という意味は防御力だけではなく、この攻撃力にもあったのだと、フィニュケンは頬をひきつらせた。

前後左右はもちろん、上下にもばら撒かれる火箭には、死角がないようにすら見える。

下から潜り込むように接敵したシーファイア一機も、あえなく主翼をもぎとられて墜落していく。

「セオリーどおり、端のやつからやるしかない!」

「そうだな」

罵声(ばせい)じみたバーリングの声に、フィニュケンはうなずいた。

密集した敵機を攻撃するにあたっては、相互支援がもっともしづらく、火力の手薄な端の機を狙えというのは、基本中の基本である。

銃火の出どころを見極めて、慎重に針路を見定める。

すでに何機も餌食(えじき)になったように、やみくもにぶつかっていくだけでは突破口は開けない。

「そこか!」

フィニュケンは機体を横倒しにして降下をかけた。

前方の空間には、脳裏に描いた仮想のラインがある。敵の弾幕の中に見つけたわずかな隙間である。そこに愛機をのせて、射弾を浴びせる。

二〇ミリ弾がB17の外鈑をえぐり、黒色の破片が飛び散る。

フィニュケンは最後尾のＢ17に対して、上から下に剣を振りおろすようにして銃弾を叩き込んだ。

そのまま縦旋回しつつ、離脱する。

敵の面前に姿を晒す時間は、最小限にしなければならない。これも被弾を避ける鉄則である。

バーリングも続いてくる。

フィニュケンは振り返った。

すでに瞳の奥底には、炎をまといながら編隊から落伍するＢ17や、バランスを崩して傾きながら墜落するＢ17の機影が見えていたつもりだった。

しかし……。

「Ｗｈｙ？」

フィニュケンはうめいた。

苛烈な弾幕を突破して銃撃を敢行したフィニュケンとバーリングだったが、銃撃を浴びせたＢ17は墜落するどころか、整然とした編隊を保って進撃を続けている。

かすかに曳いた褐色の煙が、被弾の痕跡をかろうじて示しているだけだ。

「これは相当厄介な敵だな」

Ｂ17はこれまで相手にしてきたドイツのハインケルＨｅ１１１やドルニエＤｏ17とは比較にならない堅牢な機であると、フィニュケンは思い知らされた。

それらドイツ機であれば、とっくに空中分解したり、海面に激突したりして果てているはずだ。

まさに難攻不落の空の要塞である。

「日本人も戦った敵だ。落とせない相手じゃない」

「そうだな」

フィニュケンとバーリングの脳裏に、イギリス本土でともに戦った田澤永江や蓑輪涼太、丸太吾平の顔がよぎった。

あの三人も、必ず近くで戦っているはずである。

恥ずかしい真似はできない。

「適当に撃っていても駄目だ。主翼を狙う！」

「よしっ」

言葉づかいは丁寧さに欠けるが、いい判断だとフィニュケンは同意した。

周囲には粗暴で猪突猛進しか能がない男と見られているバーリングだが、実はこうした判断力にも優れたものを秘めていることを、フィニュケンは見抜いていた。

あんな奴を二番機に持っているとは、さぞかし苦労しているだろうと、フィニュケンは見られていたが、うまくつきあうことができるフィニュケンにとっては、バーリングは最強のパートナーだったのである。

静止目標ならまだしも、高速で移動しつつ、さらに弾幕を張りめぐらせる敵に対して、一カ所を狙い撃つのは難しい。

だが、その中でも主翼ならまだ目標としては小さくないし、飛行能力を奪うにはうってつけの部分でもある。

それにB17の場合は、主翼に四基のエンジンがぶらさがっているので、同時にエンジン部を狙い撃つことにもなる。

数少ないB17の急所だった。

フィニュケンとバーリングは反復攻撃をかけた。

最大出力一四七〇馬力のRRマーリン55エンジンが吼え、カヌーを思わせる胴体が右から左へ、左から右へ、突きあげては下がり、また突きあげては下がった。

被弾の異音が幾度か不気味に響いたが、致命傷はない。

怯んで逃げるくらいならば、はじめからこんなところには来ていないと、二人は開きなおっていた。

三度めの銃撃でB17の右端のエンジンが火を吹いた。炎は主翼をあぶっていく。さらにその内側のエンジンも損傷して、回転が不規則になった。

B17はそれでもなお飛びつづけたが、損傷したエンジンが力尽きたときが、そのB17の最期だった。

完全に片肺飛行になったB17は、ついに機体の制御を失って墜落していく。

同僚たちも、少しずつだが戦い方を工夫しはじめているようだった。

入れ代わり立ち代わり同一目標を狙い、梯団から脱落した瞬間を逃さずに集中して銃撃を浴びせる。あるいは、複数機で敵の注意を惹きつけつつ、攻撃担当の機を別個に突っ込ませる。

B17も完全無欠の爆撃機ではない。たしかに落としにくい機体ではあるが、戦術を工夫して集中してあたれば、けっして落とせない機体ではない。

そんなことを思いはじめたときだった。

「敵！」

バーリングの声に、フィニュケンは咄嗟に愛機をスライドさせた。

間一髪、焼けつくような火箭が、主翼のすぐ先をすり抜けていく。

コンマ数秒でも反応が遅かったら、あるいは逆方向に動いていていたら、今ごろフィニュケンのシーファイアは墜落していただろう。

しかし、フィニュケン機と違って、武運に恵まれていなかったシーファイアは、奇襲をまともに食らって撃墜されている。

少なくとも視界の中で、二機のシーファイアが食われた。

新手の敵は、次々と雲を突き破りながら襲いかかってくる。

「あれは……海軍機か！」

フィニュケンは態勢を立てなおしながら、敵の正体にあたりをつけた。

ビア樽を思わせる短く太い胴体にファストバック式のコクピット、中翼に配された長方形の主翼……ネイビー・ブルーに塗装された空冷機は、アメリカ海軍の主力戦闘機グラマンＦ４Ｆワイルドキャットだった。

「Ａｔｔｅｎｔｉｏｎ！」

フィニュケンが警告を発した。

その矢先に、新たなシーファイアが血祭りにあげられる。Ｆ４Ｆの動きに幻惑された結果だった。

今まで相手にしてきたドイツの戦闘機は、高速を利した一撃離脱を基本戦術としてきた。ゆえに初めの一撃を逃れれば、多少の間合いを持つことができた。

しかし、今度の敵は違う。こちらを追いまわすようにくるくると旋回して、銃弾を突き込んでくる。

「いろいろな相手がいるものだな」

応戦しながら、フィニュケンはつぶやいた。

多少面食らったのも事実だが、冷静に考えれば対処法も見えてくる。

「目には目を。歯には歯を」

シーファイアの原形であるスピットファイアは運動性能が良好であり、格闘戦は不得手ではない。

ここは真っ向から受けてたっても、充分対抗できるとフィニュケンは踏んだ。

自分を標的として近づいてくるＦ４Ｆに対して、まずは水平旋回で射線を外す。Ｆ４Ｆが追ってくるのを確認しながら、次は上昇をかける。

もともとの性能のせいか、空冷エンジンが高空で息を吐きはじめているのかはわからないが、上昇速度はシーファイアのほうが上だった。

「追ってきたつもりだろうがな」

フィニュケンはおもむろに操縦桿を引きつけた。全長九・一四メートル、全幅一一・二三メートルの機体が大きくのけぞる。

天が足下に、海が頭の先にくる。

急激な血圧の変化で目の前が暗くなりそうだったが、鍛えあげたフィニュケンの身体はそれに耐えた。

「追われているのは、そっちだったな」

ループを終えたフィニュケンの面前には、自分を追っていたはずのＦ４Ｆが無防備な背中を晒していた。

フィニュケンの銃撃がＦ４Ｆを捉える。

何発かが燃料系統を破壊したのか、霧状に燃料が吹きだす。被弾、炸裂の火花がその着火役となって、たちまちＦ４Ｆは炎の塊と化す。

フィニュケンは堂々と格闘戦でＦ４Ｆを退けたのである。

「次！」

ほっとしている暇はない。気を抜いたら今度は自分が落とされる。

フィニュケンは前方、やや上を行くＦ４Ｆに狙いを定めた。いっきに距離を詰めて射線に入る。

あと一秒か二秒もすれば、主翼を叩きおったり、エンジン部を撃砕したりしてＦ４Ｆを撃墜できる。

飛び散る破片を避けるようにして、自分はさらに次の目標に向かう。

そんなことを考えながら銃撃に入ろうとした、まさにその瞬間だった。

「！」

突如として、目標のＦ４Ｆが姿を消した。

咄嗟に危険を感じて、フィニュケンはロールをうった。

銃撃音が聞こえたのは、それからまもなくのことだった。間違いなくフィニュケンを狙っていた

F4Fの反撃だった。

「あいつは背中にも目があるのか!?」

そうも言いたくなるような、敵の直感力と反応だった。

けっして、フィニュケンがミスをしたわけではない。しかも、理想とされる後ろ下方からの接敵だったのである。

これは敵を褒(ほ)めるしかない。

「赤い機首?」

交錯する瞬間に、フィニュケンは敵機の機首が赤く塗装されているのを認めた。

まるで人を突き刺した槍の先が、血で染まっているかのようだった。

フィニュケンは銃撃をかわした。

だが、甘かった。

赤い機首のF4Fは、高度上の優位で稼いだ位置エネルギーをもって、急降下しながら僚機一機を血祭りにあげた。

それだけにとどまらず、今度は溜め込んだ運動エネルギーを使って、上昇、急旋回してさらに僚機一機を仕留めた。

「ぐ、ぬ」

フィニュケンは言葉にならないうめきを発した。

この短時間で、シーファイア二機がたやすく撃墜された。しかも一撃離脱と格闘戦を絡めての攻撃だった。

恐るべき敵といえる。

アメリカ軍は陸軍も海軍も実戦経験に乏しく、戦闘機パイロットの技量は、修羅場を経験してきた自分たちに比べれば数段劣るだろうとの見方があったが、そんな甘い考えでいると大火傷を負いかねないと、フィニュケンは身をもって気づかされた。

気づいたときには、B17が投弾を始めていた。

フィニュケンらイギリスの艦載戦闘機隊は奮戦したものの、B17の爆撃を阻止するという任務は不完全に終わったのである。

「これがアメリカか」

日本海軍の田澤永江飛行兵曹長らと同じく、フィニュケンもまたアメリカという強大な敵の正体を知った。

攻防ともドイツ機より格段に優れた空の要塞B17に、戦意旺盛な海軍戦闘機隊とスーパー・エースの存在……。

上層部は対米戦の早期決着を目指して、敵の本拠地攻略という、とてつもない大作戦を繰りだした。

もしかすると、自分たちはとんでもない領域に足を踏み入れてしまったのではないかと、フィニュケンは危惧した。

「血染めのグラマンか」

フィニュケンは、あらためて対峙した強敵のことを思いかえした。

後に「レッド・デビル」や「ブラッディ・グラマン」と呼ばれて、日英のパイロットたちを震えあがらせるマリオン・カール中尉機との初対戦だった。

日本海軍第一航空艦隊司令長官南雲忠一中将は、口を真一文字に結んだまま押し黙っていた。

幸い、先の空襲で受けた損害は軽微だった。

敵の攻撃は高高度からの水平爆撃だったために命中精度が低く、ほとんどが見当外れの海面を沸きたたせて終わったのである。

顕著な被害があったのは『赤城』と『加賀』であり、それも艦載機の収容中に無理な回避行動をしたせいでの自滅のようなものだった。

旗艦『大鳳』が一発、二番艦『翔鳳』も一発の至近弾を受けたものの、こちらは自慢の防御力で事なきを得ている。

　だがその一方で、第一次攻撃隊からは失望する報告が届いている。

「敵戦闘機多数の迎撃により損害大。爆撃は効果不十分。第二次攻撃の要ありと認む」

　敵は艦隊に空襲をかけてくるとともに、守りも充分に固めていた。

　こちらの攻撃を余裕をもってしのいだのである。

「敵に情報が漏れていたのかもしれんな」

　一航艦司令部参謀長草鹿龍之介少将が、苦々しく首をかしげた。

「敵の手際があまりによすぎる」

「可能性はあります。ただ、ここは敵地であって、しかも敵の本拠地です。索敵にしても、迎撃にしても、これだけの実力をもともと敵が備えていたと考えるのも、あながち間違いではないかもしれません」

　草鹿の言葉に、通信参謀小野寛治郎少佐が敵を過小評価していた可能性を指摘した。

「もしかしますと、我々は虎穴に入って虎の尾を踏みつける……」

「虎がいれば、それも狩るまでです！」

　悲観的な小野の言葉を遮（さえぎ）ったのは、航空甲参謀源田実中佐だった。

「少しくらい敵の抵抗があったからといって、じたばたしていては戦（いくさ）などできません！　違いますか」

　源田は豪語したが、同調する者はいなかった。

　作戦を中止して撤退したほうがよいのではないか。そんな空気も漂っていたが、誰も先に口にしたくはなく、源田以外の参謀たちは互いに様子見をするだけだった。

「…………」

沈黙がその場を支配した。

南雲は瞑目したまま、なにも語らない。

「二航戦司令官山口少将より意見具申」

沈黙を破った通信手の声に、小野がひったくるように電文を受けとった。

「直衛機を増強し、当面は敵戦闘機の掃討を優先するのが得策と認む」

「その手があったか」

草鹿は顔を跳ねあげた。暗闇の中に光を見たかのような草鹿の表情だった。

勇猛果敢で知られる山口司令官なら逃げだすはずがないが、この苦しい状況をどう判断して、乗りきっていこうと考えるか。その最善の答えを聞いた気がした草鹿だった。

山口の案でいけば、まず艦隊の安全は確保できる。送りだす攻撃隊の最大の脅威は敵戦闘機であるため、当面防御に徹するとはいっても、それは同時に攻撃に関する阻害要因の排除にも重なる。

つまり、一時的に攻撃を中止しても、その後に好機が訪れれば、あらためて攻撃を再開すればよいという山口の考えだったのである。

しかし、源田は納得しなかった。

「それでは作戦計画に支障をきたします」

源田は得意の熱弁をふるった。

「我々の攻撃が遅れれば、ほかの計画もすべて狂ってしまいます。計画では今晩中に水上部隊がオアフ島近海に突入することになっていますが、それも不可能になってしまいます。

なにも弱気になることはありません。現に我々の艦隊はこうして無傷で残っているではありませんか。攻撃を躊躇(ちゅうちょ)する理由などありません。ただちに第二次攻撃隊を発艦させるべきです」

艦載機の消耗が激しいことを、源田は完全に忘れていた。意識的に頭の隅に追いやっていたと言ってもいい。

なにかを押しとおすときは、都合の悪いことは棚上げする。典型的な結論ありきの論法だった。

カロリン諸島沖海戦に続いて、ハワイ攻略戦でも完全勝利を手にした稀代の航空参謀、航空の神、太平洋の空を支配した男……自分はそのような称号を手にする。

それをこんなところで邪魔されてたまるものかと、源田の目的はいつのまにかすり替わっていた。

「我が一騎当千の搭乗員たちならば、多少の困難があってもやり抜けます。そう信じないこと、活躍の機会を与えないことこそが罪です。

艦爆や艦攻の搭乗員たちが、これまでどれだけ苦しい訓練を積んできたか。それは今日、この日のためではありませんか」

源田は歯が浮くような台詞を並べたが、それらはすべて功名心から出たものであり、真意は自分の名誉の獲得にあった。

凄烈な敵の迎撃によって、こうした珠玉の搭乗員たちが犬死にすることなど、源田はなんとも思っていなかった。

「長官……」

草鹿が南雲に決断を求めようとしたとき、源田はさらに駄目を押した。

「今回の作戦はイギリスとの合同作戦です。作戦の総指揮はサマービル大将が執ることになっており、勝手な真似は許されません」

「イギリス」と「サマービル」との言葉に、南雲の眉がぴくりと動いた。

開戦劈頭（へきとう）のフィジー喪失をめぐって、イギリスが猛抗議をしてきたことを南雲は知っている。

特に、フィリピンの攻略を最優先とし、フィジーには目を向けようともしなかったとして、軍令部総長永野修身大将が名指しで批判されているとも聞く。

この一件で、その「永野」の名が「南雲」に置き換わらないとも限らない。そんなことになれば、自分の名誉はいっきに吹き飛びかねない。

カロリン諸島沖海戦を大勝に導いた名将が、同盟崩壊のきっかけをつくった愚将に早変わりするのである。

（そんなことは、絶対に避けねばならない）

あるかどうかもわからない外圧の恐怖に、南雲は屈した。

「作戦を続行しようか」

ぽつりと南雲はこぼした。

「第二次攻撃隊を発艦させよ」

「はっ！」

南雲のお墨付きを得て、源田は走りだすような勢いで命じた。

「第二次攻撃隊、出撃だ。発艦用意！」


一航艦司令部からの命令に、二航戦司令部では承服しがたいとの声が轟々と湧きあがった。

「一航艦司令部は、我が搭乗員たちをみすみす死地に送りだそうというのか！」

「搭乗員たちに、無駄死にしてこいと。そう言いたいのか！」

この予想外に厳しい状況で、やみくもに攻撃隊を送りだすのは自暴自棄に等しい。

まずは敵戦闘機を掃討して勝機を探るという山口司令官の案こそが最善の策であると、司令部の意見は一致していた。

「司令官……」

首席参謀伊藤清六中佐が山口に歩み寄った。

「命令撤回を求めましょう」

「ここは強い態度を見せるべきです」

そうした伊藤の思惑だったが、山口の反応は違った。

「なにをしている。第二次攻撃隊を発艦させよ」

「司令官……」

「よろしいのですか」という言葉が喉元まで出かかったが、伊藤はそれを飲み込んだ。

　山口の胸中も、けっして納得して落ちついているとは思えなかったが、一度命令が下されたら、それにしたがって全力を尽くすのが軍人の義務である。

　それを率先して体現しようとする山口に、それ以上の言葉は無用と伊藤は理解した。

　状況は厳しかった。敵はアメリカ軍だけではなく、第二次攻撃隊は続く悪天候にも行く手を阻まれた。

　激しく動揺する艦上での発艦作業は事故も招き、大幅に延びた発艦時間によって、またもや機数も絞り込まれた。

　激しい雨によって、目標の識別が困難になった隊も続出した。

　それでも一航艦の攻撃隊は、第一次、第二次とも奮戦し、敵に倍する損害を与えてみせた。

　だが、それは敵の一掃にはほど遠く、またオアフ島への攻撃に固執するあまり、周辺警戒がおろそかになるという弊害も生んでいた。

　それはすぐに、大きなしっぺ返しとして現れたのである。

第2章 突入、オアフ島沖

一九四二年六月五日深夜　オアフ島南方海域

昼間の航空攻撃が不十分に終わったとの報告を受けて、ハワイ作戦、略してHI作戦の総指揮を執るイギリス太平洋方面軍総司令長官兼東洋艦隊司令長官ジェームズ・サマービル大将は、水上部隊に前進を命じた。

危険性を考慮して艦隊を退くのではなく、むしろ空襲が駄目ならば夜のうちに艦砲射撃で潰してしまおうとの積極策である。

「しかし、日本軍が出だしでつまずくとは予想外でした」

東洋艦隊司令部参謀長アーサー・パリサー少将は、苦いものを噛みしめたような表情で発した。

「我々はさしたる抵抗を受けることもなく、悠々と上陸作戦を進められるものと期待していたのですが」

パリサーの表情には、作戦の遅滞を招く友軍への非難と予想を上まわる抵抗を示した敵への驚きの気持ちが混じっていた。

「そもそもが、在ハワイの敵航空戦力は手つかずで残っていたからな。日本の『イチコウカン』に我々が過剰な期待を抱いただけだったのかもしれん」

サマービルは微笑した。期待を裏切った友軍の不甲斐なさを責める気持ちと、友軍の力を過信した自分への反省を合わせた笑みだった。

「まあ、我々にはそれを補う力がある。慌てる必要はない。日本軍にも『イチコウカン』に足りなかった分、東部方面艦隊（イースト・フリート）にせいぜい働いてもらうさ」

「敵の水上部隊が夜襲を挑んでくる可能性はないでしょうか」

「ないだろうな」

パリサーの疑問に、サマービルは自信たっぷりに答えた。

「パールハーバーに敵戦艦は確認されていない。そもそも四カ月前に大半が沈んでいるからな。巡洋艦以下の艦隊でなにができる？

ヒット・アンド・アウェイを仕掛けてこようとしても、我々は我々で高速の水雷戦隊を帯同している。返り討ちにあうのがせいぜいで、なにもできんだろうよ。それこそ戦艦の大口径砲に滅多撃ちにされて沈むだけ。私の考えが理解できるだろう、参謀長」

サマービルは問いかけながら、自ら答えた。自分は正しい。イギリス軍のみならず、日本軍もまた自分の判断を信じて、ついてさえくればいいのだ。

そんな自己陶酔と高慢さからくるサマービルの言葉だった。

「今がチャンスなのだよ。アメリカという敵を叩くには、今こそがベスト。艦隊不在のときに、落とせるものは落としておく。そう思わんかね」

サマービルは旗艦『デューク・オブ・ヨーク』の航海艦橋から暗闇に包まれる海面を見渡した。

上空に雲は少なかったが、月は新月であり、海面に注ぐ光はきわめて乏しかった。

当然、水平線などはっきりとせず、空と海との区別はつかなかった。

　イギリス東洋艦隊は、対潜警戒の駆逐艦を前方に傘状に配置して、その後ろに戦艦六隻が単縦陣を組んで進撃している。日本海軍でいう第一種対潜警戒航行序列である。

「我が艦隊に並びかける艦影があります。日本艦の模様」

「なんだ。功を焦(あせ)ったか」

　参謀をとおしたレーダーマンの報告を、さしてサマービルは気にとめなかった。

　艦隊は厳重な無線封止と灯火管制を敷いている。肉眼では識別困難な状況で確かめる術(すべ)もなかったが、「日本艦の模様」という兵の言葉をそのまま鵜呑みにしたのは軽率だった。

　なにか大きなトラブルが発生するときは、原因はひとつではなく、複数の原因が重なったからこそ起きることが多いが、このときもまさにそうだった。

　レーダーが捉えた艦影は二隻、三隻と増えていたのだが、その報告がサマービルに届くことはなかった。

　また、後年の敵味方識別装置のような仕組みは確立されておらず、『デューク・オブ・ヨーク』の水上レーダーは艦影を探知できても、それが敵か味方かを見極めることはかなわなかった。

　出し抜けに閃(ひらめ)いた橙色の光に、東洋艦隊司令部の誰もが目をしばたたいた。

「いったい、どこの艦だ。灯火管制をしているのを忘れたのか。早くやめさせろ」

「はっ」

　サマービルの指示にパリサーが応じたころ、今度は聞き覚えのある甲高い音が響いてきた。

「まさか」

　そう思ったときには『デューク・オブ・ヨーク』

の真正面の海面が轟音とともに弾け、白い巨峰が突きたった。

　遅れて、砲声らしい重々しい音が届く。

「これは砲撃です！　提督」

　パリサーが裂けんばかりに目を見開いて叫ぶ。崩壊する水柱が甲板にのしあげ、一部は艦橋のガラスにもぶち当たった。

　水柱の規模から、砲撃は駆逐艦や軽巡洋艦の中小口径砲ではない。下手をすれば、戦艦クラスの大口径砲ではないかと思えた。

　しかも弾着と砲声が離れていることは、それだけその速度に違いがあることを意味する。

　すなわち、砲撃はきわめて近い位置から行われたということになる。

　由々しき事態だった。

　閃光は一度にとどまらず、二度三度と闇を切り裂き、巨弾の飛翔音が宙を貫いて轟いてくる。

「日本艦隊にただちに砲撃を中止するよう命じるんだ。早く！」

　サマービルの声は完全に裏返っていた。

　その間に、早くも被弾する艦が出ている。

　後方から命中のものとおぼしき黄白色の閃光が射し込んだかと思うと、炎の毒々しい赤色が海面を照らしはじめる。

　砲声は殷々と海上を押しわたり、複数の爆発音が共鳴するように轟いた。

　サマービルはこのころになってもなお、日本軍による誤射だと思い込んでいた。

　しかし、事態はサマービルの想像を超えた、はるかに深刻なものだったのである。

　新品の光沢が残るような艦にとっては、なにもかもが初物づくしだった。

　実戦参加が初であるのに加えて、敵に対して主砲を放つのも当然初めてだった。

ライバルである日英の戦艦を目の当たりにするのも初めてとくれば、当然のこととして命中弾を得るのも初めてだった。

戦艦『ノースカロライナ』艦長ジョージ・フォート大佐の表情は、高揚感とたしかな手応えに自然とほころんでいた。

司令塔から見る敵の慌てぶりが滑稽（こっけい）だった。

「敵戦艦に命中一。主砲塔一基を潰した模様」

見張員の報告を聞かなくとも、フォートは自分の目で確認していた。

命中の閃光に続いて派手な火柱があがり、主砲身と思われる細長い棒状のものが、くるくると回転しながら跳ねあがるのが見えた。

炎は敵艦をあぶり、闇の中からその艦影を引きずりだしてくる。

中世の城を思わせる重厚な箱型の艦橋構造物を持つ戦艦は、イギリス海軍のキングジョージV世級戦艦と思われる。

「条約明けの新型戦艦にしては、やはり格下のようだな」

フォートは嘲笑（ちょうしょう）まじりにつぶやいた。

イギリス海軍はロンドン、ワシントンの両軍縮条約の延長や、主砲口径を一四インチまでとするといった新たな軍縮条約を準備していたらしい。

結果的に両軍縮条約は日本とアメリカが延長を望まず、一九三六年一二月三一日をもって失効したが、イギリス海軍は設計が進んでいた新型戦艦をそのまま建造する道を選んだ。

新型の一四インチ砲の性能に、それなりの自信があったのだろうが、所詮一四インチ砲搭載戦艦は一四インチ砲搭載戦艦にすぎないということが、ここではっきりと証明された。

戦艦には搭載する砲と同等の砲による決戦距離

からの砲撃に耐えること、という大原則がある。

多少防御に気を使っているのかもしれないが、やはり格上の一六インチ砲の砲撃を跳ねかえすほどではないようだ。

「当然のことだな」

フォートはにやりと笑った。

『ノースカロライナ』はアメリカ海軍が軍縮条約明けに建造した第一段の新型戦艦である。

一五年近くにわたるネーバル・ホリデーを挟んで、満を持して送りだした自慢の戦艦と言っていい。

艦容は尖塔状の艦橋構造物を筆頭として、旧式戦艦とは明らかに一線を画した近代的なものである。二〇ノット台後半の速力は、重防御だが低速というアメリカ戦艦の呪縛のような基本設計を振り払うものだった。

主砲は四五口径一六インチ三連装砲三基九門と、見かけ上は旧式のコロラド級戦艦から一門が増強されたにすぎない印象を受けるが、実はそうではない。

砲の機構や使用する砲弾がまるで違うため、見かけは同じ砲ながら、射程も威力も格段に向上している。

ゆえに敵のキングジョージV世級戦艦も、もしかするとコロラド級戦艦の一六インチ弾であれば耐えられたのかもしれないが、『ノースカロライナ』の一六インチ弾に対しては、はなはだ分が悪いというのが現実のようだった。

再び命中の閃光が敵艦上にほとばしり、大小の破片が舞いあがる。

ゆうに車一台分ほどの重量一二二五キログラムの徹甲弾が、力任せに敵艦の外鈑を噛みちぎった結果である。

中部太平洋に沈んでいった多くの艦と仲間の怨

念をここで晴らしてくれる。

四カ月あまり前の中部太平洋海戦（日本名カロリン諸島沖海戦）に、フォートは参加していない。『ノースカロライナ』は竣工して日が浅く、大西洋上で慣熟訓練中だったためである。

トラック攻撃に向かった太平洋艦隊が壊滅したとの情報に接したとき、フォートは正直、耳を疑った。

世界最強の名をほしいままにし、その存在だけで他国を威圧してひれ伏させる堂々たる戦艦群が、沈むわけがない。

日本軍がそれだけの力を隠し持っているわけがない。

なにかの誤報と信じたフォートだったが、現実にパールハーバーに戻ってきた艦艇はごくわずかだった。

しかも大型艦の多くは帰らず、かろうじてパールハーバーにたどりついた中小艦艇も多くが傷つき、気息奄々の状態だった。

このときからフォートが戦う目的は、日本軍への復讐となったのである。

フォートは軍への忠誠心と軍人としての自覚から、対日戦の遂行と勝利の追求に疑問はなかったが、正直細かな目的や意義にはさして興味がなかった。

大統領が唱える太平洋の覇権確立とアジア進出という命題に関しても、それで国がよくなるならばと、漠然とした感情しか抱いていなかった。

しかし、いざ戦争が始まって、この大きな節目にフォートの気持ちははっきりと固まった。

戦死した太平洋艦隊の将兵の中には、フォートの友人や世話になった元上官、目をかけていた元部下なども多数含まれていた。

それらの無念を晴らす。仇を取る。それが、フォートの目的となったのである。

その日本軍が今度はイギリスと組んで、こともあろうに自分たちの本拠地であるオアフ島を目指して攻めよせてきた。

「古い地域に魂を縛られた者たちが、一度袂（たもと）を分かったはずの東洋の成りあがり者と、再び手を組んだ。なりふり構わぬということか。そんな寄せ集めの艦隊など！」

『ノースカロライナ』のＭｋ６四五口径一六インチ砲が再び吼える。

発砲の閃光が漆黒の闇を引き裂き、強烈な爆風が海面をなぎ払う。

噴きのびる紅蓮（ぐれん）の炎は、フォートの復讐の炎を具現化したものだった。

「敵襲だ」

静寂を破る光と音に、重巡『鳥海』艦長早川幹夫大佐は直感した。

「イギリス艦隊の方向ですね」

航海長馬場寛悟中佐が、右舷前方に望遠レンズを向ける。

線香花火を思わせる橙色の細かな光が明滅したかと思うと、時折人魂（ひとだま）のような光塊が揺らぐ。

「総員、戦闘配置。夜戦に備え！」

艦隊を率いる近藤信竹中将からの命令はまだだったが、早川は独自に命じた。

（すぐに来る。敵の手はすぐにでもこちらに及ぶ）

これまでの経験で培われた早川の勘は、激しい警笛を鳴らしていた。

それから一〇秒と経たないうちに複数の飛来音が轟き、夜目にも白い水柱が立ちのぼった。

しかもその水柱は予想をはるかに超えて、太く、高い。

『鳥海』に直接被害をおよぼす距離ではないが、

弾着時のずしりとした轟音は、腹の底をひと蹴りされたような印象すら受ける。

「戦艦!?」

馬場が唖然として発する。

昼間の索敵では、戦艦は確認されていない。敵は巡洋艦や駆逐艦ばかりではなかったのか。そんな様子の馬場の表情だった。

「オアフ島の北に隠れていたか。もしくはハワイ島あたりから急行してきたのかもしれぬ。

それにこうなってくると、敵は大西洋方面に残っていた戦力をのきなみ太平洋にまわしてきたと考えるべきかもしれん。

敵にしてみれば、イギリス海軍単独の大西洋よりも、ここ太平洋のほうがよっぽど脅威だろうからな。当然といえば当然か」

早川の予想は、完全に的を射ていた。

日英合同艦隊の動きをつかんでいたアメリカ軍は、昼間は在ハワイの航空戦力をもって対抗し、日没とともにハワイ島方面に避退させておいた水上戦力を呼びもどして、夜戦を挑んできたのである。

戦艦は新型戦艦『ノースカロライナ』『ワシントン』の二隻を筆頭に、大西洋から回航したニューヨーク級戦艦『ニューヨーク』『テキサス』、コロラド級戦艦のネーム・シップ『コロラド』ら計七隻だった。

それらが巡洋艦や駆逐艦を前衛に押したてて、殴り込んできたのである。

対する日英艦隊は、日本海軍の新鋭戦艦『大和』こそ慣熟訓練中で戦列に加わっていなかったものの、『長門』『陸奥』『伊勢』『日向』『金剛』『比叡』『榛名』『霧島』、さらにイギリス海軍の『デューク・オブ・ヨーク』『プリンス・オブ・ウェールズ』『リパルス』『ラミリーズ』『リベンジ』と、数の上では圧倒していたはずだったのだが……。

「敵弾、来る！」

弾着は相つぐ。

敵の砲撃はけっして正確ではなかったが、かえってそれが日本艦隊を分断させるように働く。

日本艦隊は背骨を砕かれたように戦隊、あるいは個艦ごとに右往左往させられる羽目に陥った。

ようやく近藤長官から「砲雷同時戦」との指示が出たころには、かなりの混乱をきたした状況にあった。

「まるでヌーメア沖の再現だな」

早川は渋面を見せた。

一月末の南太平洋ニューカレドニア島沖で生起した海戦では、回頭を繰りかえす敵の動きに手を焼き、『鳥海』の属する第四戦隊はまっさきに旗艦『高雄』が被雷するなど、戦隊としての統一行動は取れずじまいに終わった。


今回も同じように泥沼に片足を踏み込んでいる。由々しき状況だった。

そのうち右舷前方に巨大な火柱が膨れあがり、しばらくして遠雷の響きのような轟音が押し寄せた。

城郭を想起させる『鳥海』の巨大な艦橋構造物にはめ込まれたガラスが、びりびりと音を立てて震えるほどだった。

（戦艦がやられたな）

方向からして、炎と轟音の源はイギリス東洋艦隊と思われる。

また、それらの規模からかなりの弾薬が一度に発火、爆発に至ったことはたしかだ。

戦艦クラスの艦が弾火薬庫の引火、誘爆を引き起こしたと見るべきだろう。

イギリス艦隊も応戦しているようだが、砲火は散発的で、統制のとれた敵の攻撃に圧倒されているように見える。

「目標、識別できんか」

「僚艦、友軍とも錯乱しており、困難です。もう少しお待ちください」

「発砲炎と電探を頼りに、可及的速やかに砲撃を開始します」

　見張員も砲術長も言葉こそ違うが、敵の視認、特定ができていないというのが現状だった。

　反撃しようにも反撃できない。なんとももどかしい展開だった。

　敵はやはり戦艦を優先して狙っているらしく、『鳥海』に向かってくる敵弾はないが、だからといって安心はできない。

　敵の巡洋艦や駆逐艦がいつ闇を衝いて突進してこないとも限らないし、敵戦艦の流れ弾を食らう可能性も否定できない。

　そうしている間に、日本側にも被弾する艦が出てくる。

「『日向』被弾！」

　目を向けると、左舷前方の暗幕が赤く破られたように見えた。揺らめく炎は、動きながら『日向』の艦影をあぶりだしている。

　六基という主砲の多砲塔配置が垣間見えた。さらに、その炎の向こう側から閃光が這いでて、轟音が殷々（いんいん）と伝わってくる。

「『長門』被弾。艦隊司令部、通信途絶！」

「おのれ……」

　早川はぎりぎりと奥歯を噛みしめた。

『長門』は今回臨時に編成された東部方面艦隊の旗艦として、司令長官近藤信竹中将が座乗している艦である。

　もともとは連合艦隊司令部の直属として、連合艦隊旗艦を僚艦『陸奥』と交互に務めてきた由緒ある艦だ。

現在の連合艦隊司令長官山本五十六大将が、「この国家存亡の危機に貴重な戦艦二隻を遊ばせておくわけにはいかぬ」と、前線に出してくれた艦である。

それが大きく傷つけられたことは、日本海軍の看板に傷をつけられたのも同然だった。

このまま引き下がるわけにはいかない。

(どうやら、俺にはいつもこうした役がまわってくるようだな)

早川は胸中で苦笑した。

「航海長、突撃するぞ。このままでは同士討ちにすらなりかねん。僚艦から離れれば、敵の識別も容易になろう」

「はっ」

馬場は一瞬戸惑った様子を見せながらも、すぐに笑みを見せてうなずいた。

「すっかり同じですな。あのときと」

「そうだな」

二人は顔を見合わせて、小さくため息をついた。

四カ月あまり前のヌーメア沖海戦でも、『鳥海』は敵戦艦への雷撃を敢行すべく、単独で突撃を強行した。

目的は若干異なるが、どうやら『鳥海』と早川はそうした星の下に生まれたらしい。

「両舷前進全速。本艦はこれより敵艦隊に向けて、単艦突撃を敢行する!」

早川は胸を張って言いきった。


金剛型戦艦四隻からなる第三戦隊は、すでに敵戦艦との砲戦に入っていた。『鳥海』と異なり、自分たちが撃たれている分、敵の識別は容易だった。

「『日向』沈みます。『長門』『伊勢』被弾、炎上中」

「艦隊司令部との連絡はとれぬか」

「応答ありません」

「そうか」

第三戦隊司令官草鹿任一中将は、眉間を狭めて思考した。

状況はよくない。自分たちが敵の戦力を見誤っていたこともあるが、それでもまだイギリス東洋艦隊と合わせて、自分たちは戦力的には圧倒していたはずだ。

それがうまく機能しないのは、戦術的に後れを取ったからだ。

つまり、砲戦は敵のペースで進んでいる。それを打開しなければならない。

「我、これより艦隊の指揮を執る」

草鹿は宣言した。近藤長官が指揮を執れる状況でない以上、誰かがそれを受けつがねばならない。その誰かとは、先任将官である草鹿にほかならなかった。

先に突撃した第一水雷戦隊は戦隊司令官に任せるとして、問題は巡洋艦と戦艦だった。

「第四、第六、第七戦隊あて打電。『イギリス艦隊の後方にまわって、敵艦隊の撃滅に努めよ』。無理に合流しようとは思うな。下手をすれば、敵艦と誤認されて撃たれるからな」

草鹿は高雄型重巡、古鷹型重巡、最上型重巡からなる各戦隊に、まず指示を出した。

ただ、その指示が生きるかどうかは、戦隊司令部が機能していればの話だ。近藤長官の艦隊司令部と同じく、すでに機能不全に陥っている戦隊があると考えるほうが自然である。その場合は、各艦長の判断に委ねるしかない。

ついで、残りの戦艦に指示を出す。

「『陸奥』は『長門』『伊勢』の掩護にあたるべし。戦闘継続、撤退の判断は『陸奥』艦長に一任する。第三戦隊はこれより……」

草鹿は直率する戦隊に過酷な指示を出した。

（もう一度だけ、この草鹿のわがままを許してくれ）

草鹿は先のヌーメア沖海戦後に中将に昇進している。通常、戦隊司令官は少将の階級を持つ者が任せられるポストであるため、次の異動で草鹿は第三戦隊司令官の任を解かれる可能性が濃厚である。

愛着のある旗艦『比叡』や『金剛』らと離れるのは寂しかったが、それだけこの一戦が最後だという思いが強かった。悔いは残したくなかったし、部下たちにもつらいかもしれないが、存分に働ける舞台を用意してやりたかった。

旗艦『比叡』を筆頭に、四隻の金剛型戦艦が速力を上げた。

この海域にある戦艦の中では、もっとも旧式の部類に入る金剛型戦艦だが、最大でも二〇ノット台半ばの速力しか出せない長門型戦艦や伊勢型戦艦と違って、近代化改装の際に三〇ノットの快速を手にしている。

ここは無理に行動をともにせず、別行動をとらせるのが得策と、草鹿は判断した。

火力は劣るかもしれないが、高速戦艦には高速戦艦にしかできない戦い方がある。

南海の波浪が錨甲板にのし上げ、多量の飛沫が絶え間なく艦橋を叩く。

敵戦艦の砲声が重なりあい、巨弾に海面が沸きかえるなか、負けじと『比叡』も八門の砲口を閃かせた。

「酷（ひど）いな」

単艦突撃する重巡『鳥海』の前に広がっていたのは、イギリス艦隊の惨状だった。

キングジョージV世級戦艦と思われる戦艦一隻

が横転して沈没しつつあり、その前方にも戦艦クラスと思われる大型艦が激しく炎上しながら、洋上に停止している。すでに被弾を重ねて、艦上構造物が破壊されていることも合わせ、もはや艦型の見極めもできないほどである。

巡洋艦、駆逐艦の被害も甚大のようだ。

洋上をさまよう幽霊船のような有様の駆逐艦が三隻も四隻も見られるのに加えて、ケント級重巡と思われる巨大な水上機格納庫と三本煙突を持つ艦が、大きく傾きながら海面下に飲まれようとしている。

海面には流れ出た重油と大小無数の残骸に混じって、多くの将兵が波間に見え隠れしている。

救助の内火艇やカッターの姿は少ない。準備もままならないうちに、敵に蹴散らされた証拠と思われる。

（なんでもいいから、しがみついていてくれよ）

救助したいのはやまやまだったが、今はまだ戦闘中である。うっかりすると、自分たちまで仲間入りしかねない。

敵を追いはらうまで、待っていてくれと思うしかなかった。

『鳥海』はなおも前進した。

自軍や友軍の艦艇を置きざりにして、艦影がまばらになる。こうなれば識別も容易になってくる。

「方位○八○（まるはちまる）に大型艦！　敵戦艦らしい」

「いたか」

『鳥海』艦長早川幹夫大佐は振りむいた。戦艦らしい派手な発砲炎の背後に、瞬間的に艦影が浮かびあがる。

前檣（ぜんしょう）は天に向かってそびえ立つ塔のような形状だった。

アメリカ戦艦特有の籠マストや三脚檣ではない

が、日本にもイギリスにも該当する艦がない以上、敵であることは明らかである。

つまり……。

「新型か」

早川はつぶやいた。

自分たち日本海軍も新型戦艦『大和』を建造したが、その前線投入が実現する前に、敵は新型戦艦を実戦に繰りだしてきた。

『大和』の戦力化が遅れたのは、日本海軍が大艦巨砲主義を捨てて、航空主兵主義に走ったことと無縁ではない。

根本的な思想の違いがある以上、造船側を責めることはできない。

ここは現有戦力で切り抜けるしかない。

（新型、上等！　武勲を立てるにもってこいじゃねえか）

早川はほくそ笑んだ。たじろいだり、恐れたりするよりも、その実力は自分が見抜いてやる。自分の攻撃をかわせるものならば、かわしてみるがいいという、挑戦的な気持ちが優っていた。

「雷撃目標は敵戦艦。新型をやる。いいな」

「はっ」

航海長馬場寛悟中佐の頬はいくぶん引きつっていたが、かまわず早川は続けた。

「どうやら本艦の前には、大魚が勝手に寄ってくるようだな」

兵たちは笑っていた。

「柔よく剛を制す」ならぬ、「小よく大を制す」。水雷屋の醍醐（だいご）味たる大物食いである。

『鳥海』もけっして小さな艦ではなかったが、戦艦ははるかに自分を上まわる大物である。

『鳥海』はヌーメア沖海戦に続いて、絶好の戦機に恵まれたのである。

しかし、当然ながら、敵もやすやすと雷撃を許すはずがない。護衛の巡洋艦と駆逐艦が行く手に立ちはだかる。

「撃(て)っ」

闇の中から飛びだすように現れるサマーズ級駆逐艦に向けて、三年式五〇口径二〇・三センチ砲が吼える。

距離は三、四〇〇〇メートルの至近距離だ。砲身は仰角零度の水平射撃になる。外すはずがない。

砲声の残響が消えないうちに、敵駆逐艦上に命中の黄白色光が閃く。

連装砲塔が潰れて、口径五インチの主砲身が跳ね飛ぶ。マストが倒壊し、大穴を穿(うが)たれた煙突からは猛煙が甲板上に流れだす。

サマーズ級は軍縮条約期間中に建造された重武装駆逐艦である。

連装四基の五インチ主砲と五三・三センチ四連装魚雷発射管三基の武装は強力だが、そのぶん復元性は極端に悪い。

浸水によって見る見る艦体が傾いていく。

『鳥海』は構わず砲撃を続ける。

前方向の視界が限られている第三砲塔は左舷横方向から接近する重雷装のクレイブン級駆逐艦に、後部二基の主砲塔は追いすがろうとする四本煙突の旧式オマハ級軽巡洋艦に向けて発射炎を閃かせている。

『鳥海』はまるで阿修羅(あしゅら)のごとく、五基の主砲塔を左右に振りむけて敵艦を振り払う。

艦首に被弾したオマハ級軽巡が勢いあまって自ら大量の海水を飲み込み、前のめりに傾いて停止する。

あくまで針路を塞ごうとしたクレイブン級駆逐艦は、ついに魚雷の誘爆を招いて大爆発し、轟沈する。

もちろん、『鳥海』も無傷でいられるはずがない。

左舷中央を襲った六インチ弾は、けたたましい音とともに高角砲を爆砕し、艦首に飛び込んだ五インチ弾は非装甲部を貫いて兵員室を破壊する。

各種砲弾の飛来は絶え間なく続き、三度、四度と被弾の異音が響くが、幸い致命傷になる被弾は一発もなかった。

「『肉を切らせて骨を断つ』というからな」

早川は誰ともなしにつぶやいた。

少々危険が高かろうとも、多少の困難があろうとも、より大きな目的のためには怯まず前進する。

早川はそういう男だった。

連続する至近弾の衝撃に艦が左右に震え、のしかかる水塊が上甲板や主砲塔を洗っていくが、早川は歯牙にもかけない。

徐々に敵新型戦艦の艦影が拡大してくる。

（左、雷撃戦でいくべきかな）

早川は襲撃の具体策を練りはじめていたのだが、ほかの僚艦たちは『鳥海』ほど善戦できていなかったらしい。

「総指揮官サマービル提督の名で緊急信です。『全軍撤退せよ。作戦中止。全軍撤退せよ』とのことです」

「そうか……」

早川は眉間をつまんで数秒間瞑目した。困惑したり、迷ったりしてのことではない。気持ちの整理をつけるための時間だった。

ここまで来て、心残りがないといえば嘘になるが、さすがに単艦での戦いを続けることはできない。それは無謀を通り越した自殺行為にほかならない。

早川は静かに両目を見開いた。

「やむをえんな。反転一八〇度、全速で戦闘海域を離脱する」

「はっ。反転一八〇度、全速離脱」

馬場が復唱して、さらに命令が下りていく。

しかし、『鳥海』はあまりにも敵中深くに入り込みすぎていた。

僚艦がいっせいに撤退に転じたため、これまで分散していた敵の目が、敵中に孤立する格好になった『鳥海』に集中しはじめたのである。

主砲を乱射しながら、『鳥海』は離脱をはかる。

最大出力一三万馬力の機関は全力運転を続けて、基準排水量一万一三五〇トンの艦体を前へ前へと押しだす。

だが、敵弾は容赦なく『鳥海』の前後左右に降りそそぎはじめた。

海面から突き伸びる水柱は、まるで「逃さん」と『鳥海』につかみかかる巨人の手のようだった。

「魚雷はすべて投棄せよ」

「………」

「なにをしている。早くだ！」

敵戦艦に叩き込むべく大事に背負ってきた魚雷がむなしく海上に棄てられる。水雷科員たちにとっては断腸の思いだった。

しかし、その直後、立てつづけに両舷中央に敵弾が飛び込み、けたたましい音を伴って発射管が吹き飛んだ。

上甲板が音をたてて崩れ、噴煙があがる。火災が発生し、炎が艦の奥へ奥へと伸びる。

それですんだのが幸いだった。

もし、装填済みの魚雷があったなら、最悪『鳥海』は自ら爆裂して轟沈に至ったかもしれない。

城郭のような巨大な艦橋構造物を爆煙が撫で、無数の断片が叩く。

五インチ弾の直撃によって錨鎖（びょうさ）が断ちきられ、派手な金属的摩擦音を引きずりながら、主錨が海中にさらわれていく。

必死に退避をはかる『鳥海』だったが、状況は悪化の一途をたどった。

「こんなところで朽ち果てる（わけにはいかぬ）」

言いかけた早川は、目の前に落雷があったような錯覚を覚えた。双眸の奥で無数の火花が散り、一瞬意識が吹き飛ぶ。

頭を振って、強制的に意識を取り戻した早川は愕然とした。

前部に三基あったはずの主砲塔のうち二基が、跡形もなく失われている。残った一基もかろうじて砲塔の形状をとどめているものの、とうてい砲撃に耐えられる状態ではない。

二本の砲身はどちらも倒れ込むように垂れさがり、それはけっして意図的に俯角をとったものではなかった。

もともと高雄型重巡に限らず、日本海軍の重巡は過剰なまでの重武装を施すために、防御面を犠牲にして設計されている。

五基の主砲塔には断片防御程度の装甲しか与えられておらず、六インチ弾程度の直撃でもたやすく破壊されてしまう。

敵弾が貫通して内部の弾火薬庫に火がまわらなかっただけ、不幸中の幸いといえるだろう。

ただ、これによって『鳥海』は主砲火力の六割を失った。

それでもなお、早川は諦めていなかった。

自分から勝負を投げだせば、そこで敗北は確定してしまう。これで最期だという引導を渡されるまでは、悪あがきでもなんでもいいから粘るつもりだった。

「操舵長！」

早川は、なりふりかまわぬ指示を出した。

「どれでもいい。手近な水柱に次々と飛び込め。少しは目くらましになる。砲術は後部砲塔で敵の牽制を継続せよ」

それから『鳥海』は不規則な蛇行に入った。

艦首が水柱に突っ込むたびに、白濁した水塊が艦上に押し寄せ、前部主砲塔の残骸や艦橋、探照灯、各種の補助兵装らを洗っていく。

早川の目論見どおり、『鳥海』を捉える敵弾は減った。

しかし、敵はその効果を打ち消すほどの弾量を持っていたのだった。

水煙をあげながら左右に走る『鳥海』に、多数の五インチ弾や六インチ弾が迫る。

命中の閃光が弾け、爆煙が躍る。

ふいに異音がして艦の勢いが削がれた気がした。力が抜けて惰性で進む。そんな印象だった。

最大速力三四ノットでオアフ島沖の南海を疾駆していた『鳥海』だったが、艦首が立ちあげる波が見る見る衰えていく。

「推進軸損傷。四軸のうち二軸がやられました。速力低下」

さすがにこの報告はこたえた。敵に包囲されそうなこの状況下で、速力の低下は決定的な問題である。

これまで、かろうじて致命傷を免れてきた『鳥海』だったが、今度はそれこそ袋叩きに遭いかねない。

雨あられと降りそそぐ敵弾は、たとえ一発一発の被弾が軽傷であっても、『鳥海』の息の根が止められるのは、時間の問題にすぎなくなる。

アマゾン川あたりで、ピラニアの群れに襲われて骨だけが残る感じだ。

蛇行しながらあえて水柱に突っ込んで、敵の目をごまかそうともしてきたが、それもわずかな延命措置にすぎなかった。

強気の早川の脳裏にも、「万事休す」の文字が横たわろうとしていた。

それに加えて、これまで以上に甲高い風切音が轟き、後方の海面が大きく抉られた。

夜目にも白い水柱は高々とそそり立ち、それが頂点に達しようとするころ、第二、第三の水柱が立ちのぼる。

太さ、高さからいって、明らかに戦艦の砲撃によるものだった。

速力の低下によって格好の目標になりつつある状況で、さらに敵戦艦までが主砲を向けてきたとなれば、いよいよ絶体絶命の危機と考えていい。

早川は険しい表情で押し黙った。絶望こそしていないが、生還の可能性がきわめて低くなったという事実は受けとめねばならないと考えた。

いっそのこと引き返して、敵艦何隻かを道連れにして果てるか、白旗を掲げて降伏すれば楽だろうが、どちらも早川の本意ではない。

なにか、なにか、打開策はないか。急ごうとすればするほど、思考は空回りした。それが焦りというものだ。

魚雷をばらまいて敵の追撃を鈍らせようにも、その魚雷も一本残らず投棄してしまっている。

いちかばちか敵中を一点突破しようにも、それを実行するだけの速力ももはやない。

まさに八方ふさがりの状況だった。

敵戦艦の砲撃は続く。

背後の海面が轟音とともに弾け、『鳥海』の艦橋をはるかに超える高さの水柱が、次々と突きたつ。

海上に水塊の林が出来上がったかのようだ。

あんなものをまともに食らったらと思うと、生きた心地がしない。兵の表情は一様にこわばっている。

しかし……。

「ん？」

しばらくして、早川は異変に気づいた。

敵戦艦の砲撃は『鳥海』の後方に弾着するばかりで、いっこうに近づく気配がない。

いかに砲撃の精度が粗くても、一射ごとに弾着修正を行っていれば、ありえない事態だ。

「航海長……」

「はっ。妙ですな」

馬場もおかしいと感じはじめていたようだ。

また、それと呼応するようにして、『鳥海』に対する敵の砲撃が明らかに弱まったようにも感じる。

「まさか」

答えはまもなくやってきた。

「左舷より近づく艦影あります。大型艦の模様。み、味方です！」

「なに！」

早川も馬場も、そしてほとんどの者が懸吊式の望遠鏡や双眼鏡のレンズに目を押しつけた。

「あれは……『比叡』か！」

「第三戦隊！」

発砲の炎に浮かびあがった艦影は、敵戦艦のものではなかった。

前檣は三脚檣や籠マスト、さらには中世の城を思わせる塔状のものではなく、敵がパゴタ・マストと呼ぶ、箱を積み重ねた層状のものだった。かつ、その頂部には曲線を交えた近代的形状の方位盤が据えられている。

主砲塔も敵戦艦の多くが持つ三連装ではなく、連装砲塔のようだ。

それらを合わせて勘案すると、浮上してくるのは第三戦隊旗艦『比叡』ということになる。

その後ろにも類似した艦容の艦が続いている。

草鹿任一中将率いる第三戦隊は、『鳥海』と同様に艦隊から突出する道を選び、一撃離脱の砲戦を仕掛けていたのである。

第三戦隊の金剛型戦艦が持つ高速性能を生かした戦い方であり、敵を分断し、混乱する味方を襲おうとする敵への牽制の役割も果たせる。

撤退命令が出た後も、第三戦隊は殿（しんがり）を務めるべく前進を続け、敵艦隊を串刺しにするような形で主砲塔を振りたてながら走ってきたのだと思われる。

それが結果として、『鳥海』の窮地を救った。

もちろん、古来、撤退戦の殿というものはもっとも危険な役割であり、また第三戦隊も『鳥海』同様に敵中に孤立して包囲殲滅（せんめつ）される危険性も大きかったことはたしかだ。

しかし、第三戦隊はそれをやってのけた。

「草鹿中将」

早川は危険を顧みずに、その困難な役割をかってでた第三戦隊司令官の名を口にした。

「これも、あのときと一緒か」

運命や縁というのは、つくづく不思議なものだと、早川はつぶやいた。

四カ月あまり前のヌーメア沖海戦でも、『鳥海』は第三戦隊に救われている。

そのとき敵戦艦への雷撃に向かった『鳥海』は、敵戦艦の砲撃を受けて逆に追いつめられそうになったが、第三戦隊の援護によって撃沈されることもなく、雷撃を成功させている。

このハワイ攻略を目的としたハワイ作戦においても、『鳥海』らの水上艦隊はヌーメア沖海戦と同じような経緯をたどったが、ここまで似たような状況になるとは、なにか見えざる力が働いているような気がした。

まだ夜戦は終わっていなかったが、『鳥海』も第三戦隊も無事生還する。

それは希望的観測ではない、確信だった。

作戦は残念ながら失敗に終わったが、そのなかでも自分たちは一矢（いっし）を報いたのだと、早川は胸を張った。

第3章
ハンター・キラー

一九四二年八月五日　瀬戸内海・柱島泊地

世界の頂点を争う日本海軍連合艦隊の泊地としての、堂々たる趣はそこにはなかった。

「横須賀も酷かったが、ここはさらに酷いな。まるで屑鉄置き場じゃないか」

空母『大鳳』戦闘機隊第一中隊第三小隊長田澤永江飛行兵曹長は、眼下の光景に深い息を吐いた。

先のハワイ作戦における一連の海空戦は、オアフ島沖海戦と命名され、戦訓の分析が行われている。

そのオアフ島沖海戦において、田澤らが属する第一航空艦隊は、熾烈な敵戦闘機の迎撃のために艦載機の消耗こそ激しかったものの、艦艇については大きな損害を被（こうむ）ることなく、内地に帰還することができた。

心配された空母艦載機や潜水艦による奇襲は、最後までなかったのである。

これは戦後になって明らかになったことだが、このときアメリカ太平洋艦隊は一航艦の戦闘機隊を手強いと見て、艦載機の正面対決はあえて避けていたらしい。

しかし、水上艦隊はそうはいかなかった。

昼間の一航艦の空襲をしのいだアメリカ軍は、残存太平洋艦隊を使って夜間奇襲攻撃をかけてきたのである。

戦力的には日英が圧倒していたはずの海戦だったが、虚を衝かれた日英艦隊は有効な反撃を行えないまま、各個撃破を許して撤退を余儀なくされた。

損害は甚大なものだった。

日本艦隊は旗艦『長門』と『日向』の二戦艦を失うとともに、第四戦隊の『高雄』『愛宕』、第五戦隊の『妙高』『那智』、さらに第六戦隊の『青葉』『加古』と貴重な重巡を六隻も失った。

駆逐艦の喪失数に至っては、数えきれないほどだ。

また、夜戦そのものをからくも生き延びた戦艦『伊勢』も内地への帰還途上に浸水が激しくなり、太平洋の真ん中で力尽きている。

当然、中破や大破の状態で、命からがら帰還した艦艇数はそれらに倍する。


それが、この有様である。

横須賀も呉も舞鶴も、そのほかの船渠（せんきょ）も昼夜兼行、休日返上で損傷艦の修理にあたっているが、とうていさばききれる数ではなく、柱島泊地は修理を待つ損傷艦で溢れかえっていた。

倒れたマストをそのまま引きずっている艦や、失われた砲塔跡が大口を開いたように見える艦、なかには艦上構造物のほとんどを潰されて廃墟同然になった艦もあるほどだ。

これでよく三五〇〇海里の彼方にあるハワイから帰ってこられたものだと思う。

「これでは当面、水上部隊はあてにならんな」

ハワイ攻略を目指したハワイ作戦、略してＨＩ作戦が失敗に終わったことは、個人としての目的も打倒アメリカに定めている田澤にとっても、痛恨の一事だった。

自分たち空母艦載機隊も、失われた艦載機と搭乗員の補充を進めている途上だが、足りないなどと言っている場合ではないと危機感を強める田澤だった。

同日　東京・霞が関

日本海軍の重鎮たる山本五十六と古賀峰一は、静かに向きあっていた。

表情は古賀が険しいのに対して、山本は普段どおりと対照的だった。

もちろん、戦況は楽観できるものではけっしてないが、山本の胸中までがそうだと考えるのは早計だった。

「場所も立場も違いますが、着任の挨拶はこれで二度めになります」

「そうだな。貴官にはつくづく苦労をかけて申し訳ないと思っておるよ」

「それもそうですが、大臣のほうが気苦労は限りないと存じます」

「俺か？　俺はできることをするまでだ。てっきり今回の件でクビかと思ったら、こうだからな。必要とされるなら仕方ない。せっかく隠居して余生を楽に暮らそうと思っていたのにな」

そう言って、海軍大臣山本五十六大将は冗談半分に笑った。

ハワイ作戦の失敗は、戦力的な傷跡を残しただけではなく、日本海軍の人事面にも多大な影響をもたらした。

もともと作戦の構想段階から懐疑的な意見も少なくなかったこともあって、作戦を中止した直後から、その責任を問う声が一挙に噴出したのである。

その矛先は、作戦の主たる推進者だった海軍大臣及川古志郎大将に向いた。

イギリスに弱腰すぎる。イギリスが持ち込んだ作戦とはいえ、それを唯々諾々と受け入れた大臣の責任は重大であると、海軍内部の批判が高まり、及川は辞任を余儀なくされた。

優柔不断な及川は、同盟国イギリスや陸軍には都合がよかったのだが、当の海軍からそっぽを向かれて下野することになったのである。

その後任として、軍令部総長永野修身大将は豊田副武中将を推したが、陸軍の猛烈な反対に遭ってあえなく頓挫した。

陸軍嫌いで有名な豊田を、その陸軍との調整や交渉が必要な政府中枢に送り込もうという考え自体に無理があったのである。

そこで代わって浮上したのが、山本だったというわけだ。

山本は公にはなにも語らなかったが、ハワイ作戦をめぐって及川とやりあったことは、海軍内部に広く伝わっていた。

軍令部の永野一派をはじめ、海軍内部に山本を忌避する者たちも存在したが、山本の陸軍からの評判はけっして悪くなく、また外務省からは海外駐在をとおした山本の見識の高さや世界的視野は一目置かれていた。

山本はこの打診に一度は難色を示したが、自分の後任を推薦することを条件に受託し、海軍大臣山本五十六の誕生が決まった。

そして、山本が連合艦隊司令長官の後任に推したのは、自分と戦略的思考が近い古賀だったというわけである。

一方、軍令部に対しては、思わぬところからクレームがついた。

同盟国イギリスである。

ハワイ作戦の失敗は、当然イギリス内部でも問題視され、そのはけ口をイギリスは求めていた。

その対象となったのが、以前から不評を買っていた永野だった。

ハワイ作戦の戦略・戦術立案に関わった軍令部は、作戦失敗の責任を免れない。同盟関係悪化を恐れる政府の生贄(いけにえ)的な意味合いも含めて、永野は辞任に追い込まれた。

後任は、横須賀鎮守府長官の嶋田繁太郎大将だった。

嶋田と山本は海兵同期の間柄だったが、永野に近い人物であり、山本の思うように海軍が動くかというと、まだまだ紆余曲折のありそうな空気が残っていた。

「それで、大臣は今後について、どうお考えなのですか」

「当面は守勢に徹する。それでいい」

山本はいっさいの迷いなしに言いきった。

「こちらが苦しいときは敵も苦しい。だからこそ、無理をしてでも攻めたてるという考えもなくはないが、我が国をとりまく今の状況からして、その無理をすべきときではないと、俺は考えている」

「アメリカはどうでしょうか」

「敵も出てこないと、俺は考えている。ハワイで我々は手痛い目に遭ったが、アメリカもあれで精一杯だった。勝敗は、やはり自分の土俵で戦った敵に分があったためと考えている。

イギリスはイギリスで、本国や北アフリカでも戦線を抱えているからな。太平洋方面で連続して攻勢をかけるだけの余力はあるまい。我が軍もそうだろう?」

「はっ」

古賀は渋い色を滲ませてうなずいた。

「こんなことならばイギリスと組むべきではなかった、という声もちらほら聞こえますが」

「それは違う」

山本は大きくかぶりを振った。

「対米戦をのりきるには、イギリスとの同盟が不可欠という、俺の考えは少しも変わらん。信念といってもいい。

考えてもみろ。イギリスとの同盟がなかったら、我々は仏印や蘭印の資源が手に入らなかったかもしれない。下手をすれば、マレーの生ゴムやボルネオの原油欲しさに、イギリスとも一戦交えねばならなかったかもしれない。

アメリカに加えて、イギリスまで敵にまわしたら、それこそ我が国は破滅だ。それどころか、燃料がなくて戦う前に艦(ふね)も飛行機も動けなくなっていたかもしれんぞ」

「恐ろしいだろう」と、山本は微笑した。

「同盟関係は、これからむしろ深化させていく必要がある。もちろん、それは従属とは違う。戦略や作戦計画は向こうのものを鵜呑みにせず、是々非々で臨んでいかねばならない。

それはイギリスもわかっているさ。今の日英同盟は明治のそれとは違う。イギリスにとっても、我々は必要な存在に成長したのだからな。同盟の恩恵を享受できるのは、まだまだこれからさ。もっとも」

そこで山本はいったん言葉を切った。結論だとばかりにつけ加える。

「やたらと戦争を長引かせるのも得策ではないだろう。我々は勝負どころを見誤ることなく、戦争に終止符を打つことも考えておかんとな」

一九四二年一〇月五日　バラバク海峡

総勢一〇隻あまりの輸送船団が、なにかに怯(おび)えるようにして西へ向かっていた。

南洋の生温かい風が、不安を煽るようにして頬をなでる。

　特設輸送船『大捷丸』に乗り組む中出周吉水兵長は、仮設の見張所から海面に目を凝らした。

　特設輸送船というのは、もとは民間の船だったものを海軍が徴用して自衛用の武装を施した船をさす。

　もっとも、武装といえば聞こえはいいが、その大半は砲一門や機銃数挺といった軽武装であり、本格的な戦闘に耐えうるものではない。

　まともな敵に出会ったら、逃げるが勝ちというものだ。

『大捷丸』には二五ミリ機銃二挺と爆雷投下軌条一基が据えられており、中出は爆雷担当のまとめ役として乗り組んでいた。

「敵さん、いますかね」

「いるだろう、いないだろう、ではなく、戦場では常に敵がいるかもしれないと思って準備せよ。それが、かつて自分が教官から教わった言葉だ」

　同じく海軍から派遣されている嘉山欣司一等水兵に、中出は諭すように答えた。こうした教育の伝承は、軍に限らず重要なことである。

（上も危ないと思っているからこそ、こうした船団を組ませているのだろうしな）

　下士官の立場にすぎない中出に入ってくる情報は限られていたが、中出はこれまでの経験で培った感性と持ち前の洞察力を合わせて、おおむね敵の出方や戦略的概況を把握していた。

　現在、戦線は膠着している。四カ月前にオアフ島沖で日英の艦隊を撃退したアメリカ軍も、そのまま一気呵成にたたみかけてくることはなく、日英軍も新たな動きに出る前に、失われた戦力の補充が優先という状況だった。

　海軍大臣山本五十六大将の予想は、見事に的中していたのである。

しかし、アメリカ軍もただ黙って日英に戦力回復の時間を許すはずがない。

繰りだしてきたのが、潜水艦による通商破壊作戦だった。

カロリン諸島沖海戦で一度は壊滅の憂き目を見て、また日本海軍のように強力な艦載航空戦力を持たないアメリカ太平洋艦隊にとっては、自然な作戦選択だったといっていい。

アメリカの潜水艦は日英の勢力圏内に頻々と出没し、あえて戦闘艦艇を避けながら非武装の輸送船に砲雷撃を加えて、積荷もろとも海底に送り込んだ。

南太平洋ではニューカレドニアに向けて航空燃料を運んでいたタンカーが砲撃を受けて大爆発し、中部太平洋でも弾薬や食糧の運搬船が雷撃を受けて撃沈される例が相ついだ。

さらに、敵潜水艦は大胆にもオーストラリア北部の珊瑚海にまで入り込み、オーストラリアで産出した鉄鉱石や希少鉱物を日本に運ぼうとしていたイギリスの商船をも撃沈した。

海上輸送路と連絡線を脅かされた日英がこれを看過できるはずもなく、各拠点を結ぶ輸送計画と輸送方法は大幅に見直している最中と聞く。

まず手始めに実施されたのが、独航船の禁止と護衛の徹底である。

無防備な輸送船が単独で洋上を航行するのは、スラム街で財布を見せびらかして歩くのに等しい。また、限られた護衛艦艇を有効に活用するには、輸送船を集めて輸送回数を極力絞るのが望ましいとの判断からである。

その方針にしたがって、中出が加わる船団も行動している。

このヒ・一二船団は、セレベス島とボルネオ南部で積み込んだニッケルと鉄鉱石を日本本土に送り届けることが目的の船団である。

航路はフィリピンとボルネオの間のスル海からバラバク海峡を抜けて南シナ海に入り、大陸沿いに北上して東シナ海に入るというルートである。

敵襲の可能性は高いと、中出は考えていた。

敵潜水艦の活動は、やはり最前線付近のマーシャル諸島周辺やソロモン群島付近で活発だが、一部は珊瑚海や内南洋方面で破壊活動をしていることも確認されている。

勇猛果敢で博打好きな艦長に率いられた敵潜水艦が、より西側の海域まで侵入してくる可能性も充分あるというのが、中出の考えだった。

なぜなら、このフィリピン周辺は南方の資源地帯と日本本土を結ぶ海上輸送路の幹線航路にあたる場所だからである。

この近辺の航路を寸断されれば、いずれ日本は干あがる。

艦隊や航空戦力が健在であっても、日本は白旗を掲げざるをえなくなるのである。

敵にとって、よだれが出そうな航路が、いつまでも安泰であるはずがない。

(仕掛けてくるとすれば海峡に入る直前だろう)

たとえ大規模な輸送船団であっても、広い洋上でそれを捕捉するのは、砂場に撒いた胡麻粒を探すほどに難しい。

敵潜水艦にとっては、おのずと襲撃箇所が決まってくる。

それが海峡である。

海が狭まる海峡には、必然的に船が集まってくるし、行動も著しく制限される。襲撃する立場からすれば、一網打尽にできる絶好の場所といっていい。

そして現状に限れば、敵はバラバク海峡の東側で仕掛けるのがベターである。

いかに敵が勇敢であっても、日英の内海といえる東シナ海や南シナ海、日本海やジャワ海まで入ってくるのは至難の業だろうからだ。

つまり、バラバク海峡を抜けて南シナ海に出られれば、敵はもうこのヒ‐一二船団の追跡を諦めざるをえない。

船団を構成する船は、どれも積荷を満載して喫水をどっぷり深めている。こんなところに魚雷を食らったらいちころだ。

そんなことを考えているうちに、海峡の入口が迫ってきた。

『大捷丸』は船団の先頭に立って進んでいく。

海上は不気味な静けさに覆われている。わずかな機関の音と波の音は、まるで子守唄のようだ。

(取り越し苦労だったか)

そんなことも考えはじめていたとき、静寂は敵襲を告げる声に破られた。

「左八〇度、雷跡」

「やはり雷撃がきたか!」

中出は叩きおこされるように顔を跳ねあげた。

現地時間で時刻は二一時をまわっており、陽の光は完全に失われている。だが、頭上には満天の星空が広がり、満月に近い月からは淡い光が注がれていた。

海上は夜間ながらも、多少見通しがきく状態だったのである。

それをふまえて、敵潜水艦の艦長は浮上しての砲撃ではなく、潜航したままでの雷撃を選んだに違いない。

「雷跡、近い!」

「駄目だ」

嘉山は頭を抱えた。

気泡による白い航跡を曳く魚雷は、すぐそこまで迫っていた。

艦長は雷跡の報告を聞いて、すぐに舵を切ったのだろうが、間にあわなかったのである。

中出は大きく目を見開いた。回避したいが、中出にできることはなにもない。せいぜい被雷の損害が小さいことを祈るくらいだ。

「当たる」

嘉山の声は震えていた。

白い雷跡が『大捷丸』の左舷中央に突き刺さる。衝撃で船が右に大きく傾き、海水が甲板をはるかに超えてそそり立つ。

ぽっかりと開いた破孔から海水が奔流となって艦内を浸食し、左に揺り戻された船はそのまま海面に向けて倒れていく。

悲鳴とともに海面に投げだされた者はまだいい。多くは傾いた船内に閉じ込められ、水位の上昇に絶望しながら溺死していく。

そんな緊急事態が中出の脳裏をよぎったが、船はなにごともなく進んでいた。

（不発か？）

「雷跡、右に抜けました」

信じられない報告だった。

敵の魚雷は『大捷丸』の左から右にすり抜けていったのである。

たしかに白い航跡は『大捷丸』の右に現れ、そのまま遠ざかっていく。

「そうか！」

理由がわかって、中出は掌（てのひら）をぽんと叩いた。

『大捷丸』は不十分ながらも、戦闘行動を想定していたため、ほかの輸送船ほど積荷を満載していない。

そのため喫水が浅く、魚雷は艦底の下を通過したのであろう。敵は満載状態を想定して、調停深度を深めに設定していたに違いない。

それが当たっているかどうかはともかく、命拾いしたのは間違いない事実である。

　サーチライトの光が海面を舐め、『大捷丸』が反撃に転じる。

「敵潜を捕捉した。爆雷投下用意！」

「了解。爆雷投下用意！」

　先任下士官の指示に中出は復唱した。

『大捷丸』は軍艦ではないため、いわゆる兵科の軍人は少なく、組織らしい組織もない。

　先任下士官が砲撃と爆雷の兵装指揮を兼ねる、後年の砲雷長のような立場にある。

『大捷丸』は取舵を切って、先刻の雷跡を遡る針路にのる。増速はするが、もとが商船だけに速度は限られている。韋駄天と称される駆逐艦に比べれば、その半分がやっとの状態だ。

　だが、それでも海中を逃げる敵潜水艦の速力に比べれば速い。

　確実に彼我の距離は縮まっているはずだ。

（逃げようとしたがために、ソナーに捕まったのかな）

　潜望鏡を含めて、サーチライトに映る敵潜水艦の姿はない。

　中出が知るところではないが、敵潜を捕捉、追跡しているのはソナーと思われる。逃走する敵潜水艦のスクリュー音を拾って、その存在をあぶりだしているのだろう。

　この『大捷丸』には、イギリス製のソナーが積み込まれたと聞く。高性能の舶来品が、早速効果を発揮したのかもしれない。

　では、なぜ雷撃前に発見できなかったのか？

　恐らく、敵潜水艦は海中でずっと待ちかまえていたのだろう。懸吊状態で停止して、息をひそめて雷撃の機会をうかがっていたに違いない。

　それが動きはじめたばかりに、こちらのソナーに捕まった。

そんなところと思われる。強靭な忍耐力と敢闘精神を持つ敵だったが、最後に判断を誤ったのである。

「敵潜との距離一一……一〇（一一〇〇〇メートル）……。駄目だ。失探した」

「大丈夫。新型ならいけます。このまま進んでください」

　このままでは追いつかれて撃沈されると見て、敵潜水艦は姿をくらまそうと、いっさいの推進力を断ちきった。モーターを止め、スクリューを停止して発する音を消したのである。

　これまでの自分たちならば、あとは適当に爆雷をばらまくだけで、結果的に敵潜水艦を取り逃がすことも多かったかもしれない。しかし、今は違うと、中出は眼光をぎらつかせた。

「いくぞ、嘉山」

「はい」

中出と嘉山は発射レバーに手をかけた。

「食らえ、アメ公。肝を冷やした分、倍にして返してやる。これが新型の威力だ」

　空気がこすれる音がして爆雷が吹き飛んだ。高い放物線を描いて、爆雷が離れた海面に着水する。

　中出は爆雷を「投下」したのではない。「投射」したのである。しかも、一カ所にではなく、一定の間隔を置きながら、扇状にばら撒いたのである。

　従来の爆雷攻撃はピンポイントを攻めるだけだったが、こうすれば攻撃範囲は飛躍的に広くなる。それだけ敵を捉える確率もあがるということである。

　これが、イギリス製のヘッジホッグ――投射爆雷の効果だった。

　やがて、くぐもった音がして、海中に橙色の光が見えた。爆雷炸裂のものとは明らかに違って、海面も盛りあがる。

新式のソナーやヘッジホッグといった、イギリスから供与を受けた対潜兵器が真価を発揮した結果だった。

それだけではない。

『大捷丸』を相ついで追い越していく艦影がある。マストに翻る（ひるがえる）のは、旭日旗ではなくユニオン・ジャックだった。

ヒ－一二船団には、イギリス海軍の護衛もついていたのである。

従来から艦隊決戦志向が強く、また国力も限られる日本は、小型の護衛艦艇には目を向けてこなかった。

イギリス海軍はこうした日本海軍の実状をふまえて、日本に不足する駆逐艦未満の護衛艦艇を数多く繰りだして、敵潜水艦の封じ込めにかかった。

ドイツのＵボートとの壮烈な戦いを経験してきたイギリス海軍にとって、シー・レーン防衛は得意分野であり、日本の継戦能力はイギリスなしに保たれるものではなかったのである。

一九四二年一一月四日　横須賀

海軍中将井上成美（しげよし）は、艦政本部長として現場視察に訪れていた。

今年一月のヌーメア沖海戦を第四艦隊司令長官として戦った井上は、来襲したアメリカ艦隊を撃退してニューカレドニアの防衛を果たした。

その後も同方面でイギリス軍とオーストラリア軍との調整に奔走し、大きな信頼を得た井上は、側面から日英同盟の深化に貢献するとともに、同方面の防衛態勢強化に尽力してきた。

それが転機を迎えたのは、ハワイ作戦の失敗だった。

井上は直接的にはハワイ作戦に関わっておらず、

オアフ島沖海戦の敗北も苦々しい思いで、横から受けとめるしかなかったが、後日その影響は直接井上本人に及んだ。

　甚大な損害を被った日本海軍は、その補充と回復を急がねばならない。

　建艦計画は大幅な修正が必要となるし、資材と人員の確保も急務だ。各工廠や民間の造船所も総動員しての調整や交渉の必要もある。

　当然、優先順位をめぐって、現業部門や軍令部からの反発、威圧に近い要求も予想される。平時に比べれば、その負担は倍どころか五倍にも一〇倍にもなると思われる。

　こうした困難な役割をこなすのは、並大抵の人物では無理である。

　強固な意志と卓越した指導力、そして少々の脅しや圧力にも屈しない強靭な精神力の持ち主が必要だ。

　そこで、まっさきに名前があがったのが、井上だったというわけである。

　たしかに歯に衣着せない鋭い舌鋒で「剃刀」と恐れられる井上は、まさに適任だったといっていい。

「これは本部長、いらっしゃるのであれば……」

「構わんでいい」

　自分が来たと聞いて、息を切らしてきた工廠長に井上は言った。

「勝手に来ただけだ。勝手に見て、すぐに帰る。皆、忙しいのはわかっているからな。構わんで仕事を進めてくれ」

「はっ」

　井上は艤装中の大艦を見あげた。

　一体成型したような、まとまりのある特徴的な艦容は、すでに八割方が出来上がっている。

　現在は、突きだした前端がそのまま艦首となる飛行甲板の脇に、島型艦橋を構築している最中であり、完成時にはその島型艦橋と外側に傾斜する一本の煙突が、さらに一体化する予定である。

『龍鳳』と命名された、大鳳型空母の三番艦だった。

「エセックス級か」

井上は欧米情報を担当する軍令部七課からもたらされた敵の新型空母を思い浮かべた。

まだ写真も入手できていないが、現在敵の主力空母であるヨークタウン級に比べて、ふた回りほど大きい艦体に、搭載機数は最大一〇〇機と見込まれているらしい。

カロリン諸島沖海戦で、空母と艦載機の威力をまざまざと見せつけられたアメリカ海軍は、エセックス級空母の増産を決定し、建造を急ピッチで進めているという。

もちろん、空母のような大艦はおいそれと造れるものではない。

しかし、仮に日本が三年を必要とするのならば、工業力に優るアメリカは二年、下手をすれば一年あまりで完成させてしまう可能性も否定できない。

それらが続々と竣工する前に、自分たちも対抗できる戦力を整えておかねばならない。

その目玉となるのが、この『龍鳳』と呉工廠で建造中の四番艦『瑞鳳』だった。

「急がねばならんな」

もちろん、工期の繰りあげのために工程を抜いたり、検査を省いたりするのは論外だ。

工程順を組みなおしたり、効率のよい機械を入れたり、人を増やしたりといったことが、まず考えられる。

そうして竣工にこぎつけても、大鳳クラスの大型艦になれば、最低半年程度の慣熟訓練が必要になる。

「越権行為にはなるが、もう一度提案しておくか」

井上はさまざまな角度から『龍鳳』と『瑞鳳』の早期戦力化を考えていた。

まずは乗組員について、二隻に予定する人員は、現状戦力化されている『大鳳』と『翔鳳』に乗り組ませて経験を積ませておく。

さらに、『龍鳳』『瑞鳳』竣工のあかつきには、『大鳳』と『翔鳳』の乗組員から相当数を引き抜いて異動させる。

また、航空隊は先行して編成し、陸上での訓練を重ねておくのはもちろん、可能な限り『大鳳』と『翔鳳』を使って慣れさせておく。

当然、実戦配備されている『大鳳』『翔鳳』側からは、「本艦を訓練艦として使おうというのか」「本艦の乗組員を引き抜かれたのでは本艦の戦闘力が低下してしまい、本末転倒である」といった拒絶反応が予想されるが、どれだけ大局的な見方ができるかということだ。

残念ながら、その決定まで下す権限は井上にはない。

「とにかく、できることはなんでもしていかんとな」

遠慮や譲歩といった概念を井上は振り払った。

「やらずして駄目だった」「動かずに負けた」では悔いが残る。それは絶対に避けたかった。

内地にいるからといって、安穏と時を過ごすつもりなどない。戦力を整え、自らそれを率いて前線に戻る。

そのくらいの覚悟がなければ、この難局はのりきれんと、井上は自らを叱咤しながら、日々の仕事に邁進していた。

一九四二年一二月三日　タオンギ環礁

マーシャル諸島の南東部にあるラタック列島の

最北部タオンギ環礁に、第三水雷戦隊が進出していた。

「敵艦見ゆ」の報告に、司令官大森仙太郎少将の将旗を掲げた軽巡洋艦『阿賀野』を先頭として勇躍北上してきた三水戦だったが、到着したときにはすでに敵影はなく、三水戦は肩すかしを食らった格好になっていた。

　太陽はようやく水平線を脱して空に昇るところであり、海上にはやわらかな朝の空気が漂っていた。

「誤報かな」

　首をかしげる首席参謀有近六次中佐の前で、大森は眉間に深い皺(しわ)を刻みながら、海上を睨みつけていた。

　戦線は全体としては膠着状態に近いものの、このところマーシャル諸島には敵の水上艦隊が出没し、守備隊との間で小競り合いを繰りかえしている。

　敵艦隊の陣容はけっして大きなものではなく、駆逐隊が一隊から二隊、あるいは巡洋戦隊が一隊程度といったようなものだったが、大本営はこれを大規模な侵攻の前ぶれと見て、警戒を促している。

　それまで後方のトラック環礁で待機していた三水戦がマーシャルに進出しているのも、そのためだった。

「なにかおかしいですな。敵にとって、ここを攻める理由がないように思えます」

『阿賀野』艦長野村留吉大佐は首をひねった。

「マーシャルに引きかえしたほうがいいと思います。陽動かなにか、どうもひっかかります」

　野村は自身の感覚が激しい警笛を鳴らすのを感じた。はっきりとした根拠や理由を説明することはできないが、どうも胸騒ぎがしてならなかった。

「そもそも敵がいなかったとは考えられませんか」

有近はあくまで誤報説にこだわった。

「報告してきたのは、クェゼリンの飛行艇です。高空からの観察は簡単なようで、実は難しいものです。激しい波浪や流木を敵艦と見誤った可能性は否定できないはずです」

「探せ」

大森は二人の意見を意に介することなく命じた。

「本艦の水上機を飛ばして、周辺の偵察にあたらせろ。報告があったのは昨日の夕刻だったろう。それから我々は全速で飛ばしてきた。まだそう遠くにはいっていないはずだ」

そこで大森はいったん言葉を切って、口端を吊りあげた。

「なに、あらかた我々が来ることを察知して、慌てて逃げだしたというところだろうよ。さっさとあぶりだして、叩きのめしてくれる」

大森は重大な判断ミスを犯していた。

報告された敵は、せいぜい駆逐隊かなにかの小規模な水上部隊であると、決めつけていたのである。

火薬式カタパルトが作動する乾いた音がして、『阿賀野』一号機が射出された。

金星四三型の軽い発動機音を残して、零式三座水上偵察機が高度を上げていく。艦橋の脇をいったん通過してから、右に旋回しつつ上がっていく。

水上機はフロートという重荷を抱えているため、どうしても動きは鈍くなるものだが、本機の動きは比較的軽やかである。左右ひとつずつのフロートを空中に滑らせていくかのようだ。

一号機の姿が小さくなりかけたところで、二号機が射出される。こちらは左右対称の航路をたどって上がっていく。

阿賀野型軽巡は、水雷戦隊の旗艦とすることを念頭に設計された艦であるため、索敵のための航空兵装は充実している。

想定していた場面とは違うが、うってつけの任務ではあった。

「敵艦隊発見。敵は巡一、駆二。敵は北北東に向け、逃走中」

「我、これより触接す」

すぐにでも、そうした報告がくるものだと期待していた大森だったが、一号機からも二号機からも、いっこうに報告があがってくることはなかった。

「おかしい」

そこで、野村が重要な点に気づいた。

「昨夕の報告は、『敵艦見ゆ』でしたな」

「だからどうした」と横目を向ける大森に、野村は続けた。

「普通ならば、艦種や隻数を報告してきてもよさそうなものではありませんか」

「それはなんらかの事情があって、確かめられなかったのだろう」

「なんらか……！」

不穏な予感に、有近が弾かれるように振りむいた。

「確かめられなかった。というより、報告できない状態に追い込まれたということでは」

「それは……」

野村を前に有近は恐る恐る口にした。

「撃墜された、ということですか」

「然り」

野村は大きくうなずいた。

野村は海上勤務の経験が少なく、自分が「事務屋」であることをいい意味で理解し、受け入れていた。

経験からくる判断力や対応力といったものが自分には不足していると解釈し、さまざまな戦闘詳報に人一倍目をとおし、理解しようと努めていた。

それが、敵の出方や傾向といったものを正しく、精度よく推察する能力を培っていたのである。

野村の言うとおりだった。

前日夕刻、クェゼリンを発った九七式飛行艇は、「敵艦見ゆ」との報告を最後に消息を絶っていた。

クェゼリンに本部を置く第八根拠地隊は、それが敵の攻撃によるものか、事故によるものかを判断しあぐねていたが、いずれにしてもその重要な情報は、なぜか三水戦に届いていなかったのである。

この海域に、陸上基地から飛んでくる敵戦闘機はない。

「戻りましょう。近くに敵空母がいるのかもしれません」

「空母が……まさか」

蒼白とした表情の有近の横で大森はうめいた。

敵空母艦載機の実力は未知数である。

航空先進国の日本に比べれば、まだ数段劣ると考えるのが妥当だが、仮にそうだとしても三水戦は水雷戦に特化した艦隊であり、まともな対空兵装などほとんどないといっていい。

もし、艦載機の空襲を受けたりでもすれば、ただただ逃げまわる哀れな真似しかできない。

相当の被害を覚悟せねばならないだろう。

「むう」

大森は逡巡した。

野村の言うとおりであれば、由々しき事態だ。自分たちは敵、しかもほとんど自力で対処できない敵が待つ中に、自ら飛び込んだことになる。

その上、慌てて逃げ帰ったとなれば、自分の指揮官としての資質が問われたりしないか。判断力を疑問視され、評価や名声が地に落ちるのではないか。

大森は次第に冷静な思考を失いつつあった。危険性の判断や艦隊の保全といったことよりも、保身のほうが気になりはじめていた。

「……そうだな。艦長の言うことはもっともだ」

大森はしばらくして口を開いた。

しかし、その目はすでに部下の進言や提案に耳を貸すものではなかった。

大森は野村の、ついで有近の顔を見て、続けた。

「だが、すべては推論にすぎん。確証はなにもない。この後すぐにでも『敵駆逐隊発見』の報告が入るやもしれぬ。もう少し待とうか」

「司令官！」

野村はなおも食い下がった。

（もう猶予はありません。ご再考を！）

そんな言葉を内包した双眸を大森に向けつづけたが、大森が翻意するはずはなかった。

敵の水上艦隊は必ずいる。報告もまもなく来る。自分たちはその敵を捕捉して叩きのめすのだ。大森は幻想を抱き、その幻想にしがみついていた。

ここで、大森は再び重大な判断ミスを犯したのであった。

『阿賀野』一号機からも二号機からも期待した報告がくるはずがなかった。一号機は敵がいるはずもない洋上を飛びつづけ、敵艦隊に接近した二号機は、すでに敵戦闘機に撃墜されたあとだったのだから。

三水戦は無為に時間を浪費した。これが致命的な時間のロスとなったのだった。

結局、敵を発見することもできず、むなしくマーシャルへの帰途についた三水戦だったが、午後になって野村の懸念は、ついに現実になったのだった。

「敵機来襲！」

ようやく届いた報告は、待ち望んでいたのとは正反対のものだった。

上空からかすかなエンジン音が伝わり、雲間に小さく機影が見え隠れしている。

一見して黒っぽい機影だが、実際にはネイビー・ブルーに塗装されたアメリカ海軍機に違いない。状況からして、偵察任務のダグラスＳＢＤドーントレス艦上爆撃機と思われる。

「見つかりましたな」

野村は上空を仰ぎ見ながら、ぽつりとこぼした。敵を探していたものが、逆に見つかる。皮肉な展開だった。

陽はすでに西に傾いていた。

野村の進言どおり、すぐに帰途についていれば、空襲が届かない安全圏に逃れ、闇という隠れ蓑をかぶれたかもしれない。

しかし、すべては手遅れだった。

それから三〇分としないうちに、敵の本隊がやってきた。

「対空防御！」

大森は叫んだが、三水戦に有効な対空戦闘力がないことなどは、当の自分たちがよくわかっている。

各艦は主砲を振りまわそうとするも、その俯角は限られ、またそれ以上に旋回速度は敵機の速さにまったく追随できない。

突きあがるのは機銃数挺の火箭だけであり、なさけないほどに貧弱である。

急降下をかけるドーントレスが迫る。

ハニカム・フラップが奏でる特徴的な高音は、不快な金切り声を思わせる。

一発、二発と一〇〇〇ポンド爆弾が海面を叩く。そのたびに轟音が大気を震わせ、白濁した海水がそそり立つ。

けっして命中精度はいいわけではないが、それ以上に各艦の動きは鈍い。

「『東雲』被弾！」

「『薄雲』被弾！」

外れ弾の炸裂音に混じって、明らかにそれとは異なる爆発音も轟きはじめる。

金属的な叫喚を伴って炎が甲板を舐め、海水が艦内を浸食していく。

多量の塵埃を吸った兵が激しくせき込み、有害物質を含む煙を吸った兵は、次々とその場に倒れていく。

三水戦の中では唯一の巡洋艦である旗艦『阿賀野』には、特に敵が集中する。

「樺山少尉、木谷少尉」

野村は従兵を見張りに立たせた。

見張りを増員して役割を絞って明確化するとともに、自分は情報の判断と指示に特化して回避の精度を上げる。野村が編みだした対空戦闘術である。

「樺山少尉は右舷前方、木谷少尉は左舷後方」

「はっ。樺山、右舷前方に集中します」

「木谷、左舷後方に集中します」

雷爆連合なら雷撃と爆撃にそれぞれ向けるところだが、今回の敵はドーントレスのみで編成されている。

野村は増員した分、見張り方向を絞って精度を上げるよう指示を出したのである。

雷撃機がいないのは、敵に有効なそれがないからかもしれない。

「取舵いっぱい！」

野村は早めに手を打った。

『阿賀野』は戦艦や空母ほどの大艦ではないが、舵輪をまわしてすぐに回頭できるほど慣性が小さくはない。

敵機が降下してから慌てて舵を切っても、間にあわない可能性が高いと判断して、野村はあらかじめ舵を切らせたのだった。

「右舷の敵機、直上へ。降下します」

（よし。いいぞ）

ちょうど敵が急降下をかけたところで、『阿賀野』は艦首を左に振った。敵から見れば、奥に潜り込まれる格好である。

一番機、二番機、三番機と、ドーントレスの角張った主翼が翻るたびに夕日が反射するが、野村がそれを肉眼で捉えることはない。

野村は見張員の報告を信じて、判断と対処指示に専念する。

一機めのドーントレスが、ライトR-1820-60サイクロンエンジンの爆音を響かせて、『阿賀野』の艦上を横切る。

遅れて降ってきた一〇〇〇ポンド爆弾は、『阿賀野』の後方のかなり離れた位置に落下する。

二機めも一〇〇〇ポンド爆弾を切りはなす。

見張員の目には、これも外れたとわかる。

自分に向かってくる爆弾は角度からして小さく見えるものだが、風を切って落下してくる一〇〇〇ポンド爆弾は横長に大きく見える。

あらぬ方向に向かっている証拠である。

敵の一〇〇〇ポンド爆弾は徹甲爆弾ではなく、着発信管を付けた通常弾のようだ。

海面を叩くとともに炸裂し、浅いが広範囲の海水を飛び散らせる。くぐもった音を伴って水柱を突きあげる徹甲爆弾のそれとは、明らかに異なる。

「三機め、突っ込んできます！」

「左舷後方の敵機、降下してきます」

報告が重なる。

まずは右舷の三機めである。これは一機めと二機めの投弾失敗を見て、降下角を修正してきた。

　機首がまっすぐに見えて、『阿賀野』としては危険な相対位置だった。

　エンジン音に加えて、機体そのものの風切音が頭上を圧するように響いてくる。

（厳しいか）

『阿賀野』は左に回りつづけている。

　野村の出した指示と艦の反応、それと敵搭乗員と敵機の動きとの限界勝負だった。

「敵機！」

　報告はそこまでだった。正直、被弾を覚悟した野村だったが、降ってきたのは爆弾ではなく、敵機そのものだった。

　黒い影が陽光を遮(さえぎ)る。轟音が聴覚を麻痺させ、風圧で艦がきしんだような気がした。

「危ない！」

　野村をはじめ、全員が頭を押さえてかがんだ。

　飛ばされた帽子が、ひとつふたつと海上にさらわれていく。

　水というものは、向かってくる物体の速度が速ければ速いほど、見かけの硬さが増すものだ。

　鈍い音が伝わった。

　ジュラルミンがねじ曲がり、接合箇所が外れて、各部が擦れあう不快な音だった。

　三機めのドーントレスは必中を狙うあまりに、降下角度を深くとりすぎ、速度も限界を超えていた。

　投弾のタイミングを失い、引きおこしもできなくなったドーントレスは、『阿賀野』の右舷艦尾をかすめて海面に激突したのである。

　機体は瞬時にばらばらになり、虹色の飛沫が上甲板を濡らし、破片が舷側を叩いた。

「まだだ」

「安心するのはまだ早い」とばかりに、野村は言った。左舷後方からの敵が、すでに急降下に入っていた。

「舵そのまま。切りつづけよ」

野村は取舵を切っての左回頭続行を選んだ。

現在、艦は敵機に向けて大きく横腹を覗かせているが、左回頭によって敵機の内側に潜り込む。問題は、それが間にあうかどうかだった。

その間にも被弾する艦は相ついでいる。

連続する爆発音が海上を揺るがし、硝煙を含んだ風が鼻を衝く。

「『朧（おぼろ）』被弾！」

「『曙』被弾！」

大森の表情からは血の気が失せ、頬は小刻みに震えていた。

『阿賀野』は野村の指示で、艦首を左に振りつづける。

ドーントレス三機が左斜め前方から襲ってくる。相対角度としては、まだ敵機が有利な位置だった。

一機めは投弾を焦ったか、一〇〇〇ポンド爆弾は『阿賀野』の手前に落下する。

「右舷上空。新たな敵機、追ってくる！」

二機めが一〇〇〇ポンド爆弾を切りはなしたところで、新たな報告が野村の耳を衝いた。騒音にかき消されまいとする気持ちと興奮とによって、見張員の声はもはや絶叫に近い。

一難去ってまた一難どころか、一難が去る前に次の脅威がやってきた。

敵も当然ながら、ひとつひとつこちらの行動が終わるのを待つはずがない。

「舵戻せ。面舵！」

敵の攻撃は半ばだったが、野村は決断した。

二機めの投弾は左舷艦首への至近弾となった。

艦首をこするようにして水塊が弾け、爆圧が喫水線付近を叩く。

急激な転舵によって、基準排水量六六五二トンの艦体は悲鳴のようなきしみ音をたてる。左に進もうとする慣性と右に戻ろうとする力が、せめぎ合っているのだ。

左舷からの最後の投弾は、『阿賀野』を飛びこえて逸れた。『阿賀野』は左回頭で、敵の爆撃をかわしたのである。

それからすぐに、『阿賀野』の艦首は右に振れはじめた。

タイミングとしては絶妙だった。とても自ら観察しながらの指示では、ここまでの芸当は不可能だった。情報の判断と指示に専念した、野村の勝利だった。

操艦の冴えというような感覚的なものではない。野村の爆撃回避は、こうした確かな裏づけがあってのことだった。

おもしろいように爆弾が逸れていく。

この日、三水戦は敵の空襲によって、駆逐艦四隻沈没、三隻大破という深刻な損害を被ったが、野村が指揮した『阿賀野』は、ついに最後まで一発の被弾も許さなかった。

一九四三年一二月一〇日　トラック沖

南雲忠一中将率いる日本海軍第一航空艦隊は、要衝トラック環礁に前進して敵の来襲に備えていた。

ここ数カ月、敵はしばしばマーシャル諸島に艦隊を出没させ、一撃離脱の攻撃を仕掛けてきている。

艦隊の規模はさしたるものではなく、一回ごとの損害もけっして目くじらをたてるほどのものではなかったが、敵がいつ総攻撃をかけてくるのかと、大本営も軍令部も神経質になっていた。

そこを逆なでしたのが、一週間前の敵艦載機の出現である。

敵は巡洋艦戦隊や駆逐隊だけではなく、空母も行動させて機をうかがっている。

もう明日にでも、メジュロやミレの環礁から「敵の大艦隊が出現！」「我、艦砲射撃を受く！」「敵、猛爆中！」「敵、上陸す！」といった報告や救援要請が入るのではないかと、一部の参謀などは戦々恐々としはじめていたのである。

そこでまず一航艦に、トラックへの移動が命じられた。

空母機動部隊の作戦行動に対する柔軟性と作戦範囲の広さ、そして戦艦をもしのごうかという打撃力はすでに証明されており、神出鬼没の敵を捕捉、撃滅し、なおかつ敵の総攻撃への対処とするには、一航艦が必要不可欠と判断された結果だった。

（まあ、頼りにされているっていうのは、いいことだけどな）

こうした状況を理解しつつも、最前線で戦う者たちの中には、一抹の不安を覚える者も少なくなかった。

空母『大鳳』戦闘機隊第一中隊第三小隊長、田澤永江飛行兵曹長もその一人だった。

（せめて、あと一カ月あればな）

ハワイ作戦を終えて半年が経ち、各空母艦載機隊は損耗した機体と搭乗員の補充をすでに終えている。

しかし、それはあくまで数の上で定数を満たしただけのことというのが、田澤の現状解釈だった。

陸上の滑走路を使う基地航空隊と違って、空母艦載機隊には洋上の空母から発艦し、またそこに着艦するという高度な技量が要求される。

幅三〇メートル、長さ二〇〇メートルほどの飛行甲板は、そこに立てば広大なようには見えるものの、空から見れば「点」にすぎない。

そのほんのわずかな場所に、しかも失速寸前まで速度を絞って浅い角度で進入しなければならないとなると、とても一朝一夕に技量が身につくはずがない。

事実、基地航空隊から異動してきた者も、着艦にはしばらく手こずり、ましてや新兵に至っては今も危なっかしい者が何人もいるのが実状だった。

だから、一航艦はトラックに進出後も、暇さえあれば着艦訓練を繰りかえしていた。

今もまた零式艦上戦闘機一機が、装甲を貼った『大鳳』の飛行甲板に滑り込もうとしている。

「三番機、着艦しまーす」

田澤はほかの隊の訓練風景を眺めていた。ひやかしではない。自分の小隊以外の実力も知っておかないと、いざ実戦となった際にとんだ判断ミスを招きかけないからである。

翼内に引きこんでいた主脚が開き、発動機音がかぼそくなる。

が……。

「突っ込みが急すぎる」

田澤は苦々しくつぶやいた。

事故を起こすほどのものではないのだろうが、理想とはほど遠い。

整備員や傍観する搭乗員の表情はさまざまだ。固唾（かたず）を呑んで見守る者もいれば、薄い笑みで視線をぶつける者もいる。

主脚が飛行甲板に接触した瞬間、機体が小さく跳ねた。

当然、手前の制動索は捉えられず、機体は右に傾きながら飛行甲板上を滑っていく。

田澤が指摘したとおり、着艦時の降下角度が深すぎたのである。

結果、接触した際の衝撃が大きくなって、機体はバウンドを避けられなかった。

着艦フックも制動索に対して、線ではなく点で接するイメージとなったため、捉えきれずにそのまま機体は前に進んだ。

(おいおい)

主脚が折れなかったのは幸いだったが、車のドリフト走行のように尾部が左に流れていく。

そこで、ようやく着艦フックが奥の制動索をつかんだ。

零戦は大きく上下に揺れながら止まる。

(まだまだだな)

笑いながら、整備員がその機体に取りついたところで、整備班長ががなり声でそれらを急がせた。

ついで飛行長が飛行甲板に走りでて、指示を出す。

「緊急着艦だ。飛行甲板を開けろ。急げ!」

「飛行長、自らが……なにごと?」

「さあな」

同僚の蓑輪涼太飛曹長の答えは決まっていた。

本当に知らないのはわかるが、余計な感情も思いも含まない、あっさりとした答えはいかにも蓑輪らしかった。

まもなく耳慣れない発動機音が聞こえてきた。

零戦の栄とも、九九式艦上爆撃機の金星とも違う、ましてや敵グラマンのものでもない。

しかし、なぜかなんとなく聞き覚えのあるような気もした。

「来た!」

何人かが叫んで南の空を指さした。

太陽を背負いながら、一機、また一機と現れる。

(友軍?)

次第にはっきりとしてくる機影は、日本軍機のものではなかった。

とがった機首は液冷機特有のものであり、新型の可能性がなくはないが、実戦配備されている機体に該当するものはない。

　零戦が明灰白色から深緑色の塗装に代わった今、白っぽい塗装も九九式艦爆を除けばないはずだった。

「英軍機だな。スピットファイアの艦載型だ」

　蓑輪が正確に機種を見抜いた。

「スピットファイアがなぜ？」

「なんでも空母が魚雷を食らったらしいですわ」

　太めの体形を揺すって丸顔を出したのは、丸太吾平一等飛行兵曹だった。

「だから避難させてくれと。さっき、艦長と飛行長が話しているのが耳に入ってきたんでね」

「英空母がか」

　田澤は片眉を跳ねあげた。それならば納得がいく。艦が傾けば、上がっていた艦載機は母艦に戻ることができない。

　この『大鳳』は魚雷の一本や二本では動じない防御装甲が施されていると聞いてはいるが、基本的に空母は脆弱な艦種なのである。

「うちらがいたのは、渡りに船ってやつでしょうねえ」

（またか）

　田澤は苦笑した。言葉の使い方はでたらめだったが、丸太が貴重な情報をもたらした事実は変わらない。

「どうせなら、トラックに降りればよかっただろうが」

　蓑輪は口先をとがらせたが、より安全をみたのだろうと田澤は思った。

　広大な洋上での運用を想定した日本海軍機と異なり、本土周辺や大陸での運用を想定したイギリス軍機は、概して航続力に乏しい。

海に不時着水する危険性を排除して、より近いところに降りておきたいという意識が働いての収容要請だろうと、田澤は解釈した。

島型艦橋の後ろで田澤や蓑輪らが見つめるなか、シーファイアが着艦態勢に入った。

「ほう」

蓑輪が珍しく感嘆の息を漏らした。それだけシーファイアの動きは素晴らしかった。

深すぎず、浅すぎず、絶妙な角度で滑り込んできたシーファイアは、まるで音もなくといった感じで制動索を捉えた。

機体は跳ねまわるでもなく、傾くでもなく、ぴたりと定位置で停止する。

模範的な着艦だった。

主翼と胴体に描かれたラウンデル（円形識別表示）が目に飛び込んでくる。

さらに驚かされたのは、二機めだった。

『大鳳』の整備員が着艦した最初のシーファイアを押しはじめたとき、すでに着艦体勢に入っている。艦上で追突でもしたら大惨事になるところだが、それだけの自信と確信があるからのことに違いない。

技量の裏づけとともに、度胸や覚悟がなければできないことでもある。

動きは非常に滑らかだ。進入位置、進入角度、速度、そして機体制御とも文句のつけどころがない。

着艦フックが制動索をつかむかつかまないかというところで、シーファイアは心もち機首を上げた。衝撃をやわらげるテクニックである。

着艦動作は精密機械のようだったが、その後は雑だった。

エンジンが切られ、プロペラの回転が弱まる。

だがそのプロペラも、それどころか機体そのものも静止していないうちに風防が開き、パイロットが飛びおりた。

慌てて整備員が束になって取りつく。

「タザワ、ミノワ……マルタ」

「バーリング少尉！」

シーファイアから飛びおりてきたパイロットは、空母『インドミタブル』戦闘機隊に所属するジョージ・バーリング少尉だった。

田澤らが義勇戦闘機隊――フライング・ゼロの一員としてイギリス本土に「派遣」されていた際に、ともに戦った仲間である。

バーリングは着艦してすぐに三人の顔を見つけ、反射的に飛びだしてきたのだ。

「マタ、アエテヨカッタ」

たどたどしい日本語を発しながら、バーリングは一人一人を抱擁した。

田澤と丸太は笑みを見せ、蓑輪は淡々とそれを受け入れた。

日本ではなじみのない行為に周囲はざわついたが、イギリス本土に駐留経験のある三人にとっては初体験ではなかった。

「久しぶりだな。再会できてなによりだ」

「ブレン！」

さらに後ろから現れたのはバーリングの上司であり、これも旧知の仲であるブレンダン・フィニュケン大尉だった。

子供のころに満州に住んでいたフィニュケンは、日本語が堪能である。

田澤らとは『ブレン』『ナガエ』などと、ファーストネームで呼びあう仲だ。

「まさか、君らがこの艦に乗っているとは。嬉しい誤算ですよ」

「我々もこんな形で再会するとは、夢にも思いませんでしたよ。いやあ」

田澤とフィニュケンは、がっちりと握手を交わした。

　フィニュケンも田澤も不思議な縁を感じた。なにか見えない糸でつながっている。そう考えたくもなるような偶然だった。

　田澤ら三人がイギリスに行った。今度はフィニュケンとバーリングが太平洋に来た。

　戦線が世界レベルに広がるなかで、それだけでもさして確率は高くない。

　その上で、互いに基地航空隊の隊員から艦載機搭乗員となり、今、一隻の空母の上で同じ空気を吸う。しかも、フィニュケンとバーリングは緊急着艦というシナリオだ。

　偶然という言葉ではけっして片づけられない関係性といえる。

　人生には運命的な出会いや、運命の人というものがあるという。必ずしもそれは、男女の関係を意味するものではなく、その場にいる戦友もそうなのだと感じさせる好例だった。

「サイカイ、サイカイ。センユウとサイカイ。輪廻転生。Ｙｅａｈ！」

「はあ？」

　田澤は振り返った。

　やはり丸太の仕業だった。適当な日本語をバーリングに吹き込んでいる。

「おい、丸太よ。でたらめな言葉は慎め。誤解を……」

「ナガエ」

　注意する田澤に首を横に振って、フィニュケンは制した。

「心底、再会を喜んでいるようだし」

　今度は、丸太とバーリングは身体をぶつけ合って笑っている。

　傍観している蓑輪もバーリングに腕をつかまれ

て、無理やり仲間に入れられようとしている。

「正直、こうして五人が無事に会えたことを嬉しく思います」

「そうですね」

向きあう二人は深い息を吐いた。

戦争は欧州から北アフリカ、アジア、太平洋へと広がっており、毎日何千何万という将兵が死傷している。

そのなかで、親交のあった五人が全員揃って会えたこと自体に感謝すべきなのだ。

自分たちは恵まれている。それはたしかだった。

「ところでブレン、母艦が傷ついたとか。大変だったのでは」

「ああ、知ってたんだ。お恥ずかしい話。敵の魚雷を食らってね。まあ、無理すれば着艦できなくもなさそうだったのですけど、そんなことで危険を冒すことはないという命令でね。


せっかく盟邦の立派な空母が近くにいるから、降ろさせてもらえと。それで、こうして世話になったということです」

「我々にもずいぶん参考になりましたし、ほかの話も聞かせてもらいたいものです」

「それはこっちも同じこと。ぜひ、お願いしたいですよ。もちろん、戦争の話だけではなくね。なにかおもしろい話もあるのでは？」

フィニュケンはウィンクした。

だが、田澤、蓑輪、丸太とフィニュケン、バーリングの再会の時間は、そう長くは続かなかった。いっしょに飯でも食いながらとなったが、五人は揃ってお茶を飲むことすら許されなかったのだ。

「大尉！」

フィニュケンは呼びだされた。

一航艦旗艦『大鳳』にはイギリス軍との共同作戦を円滑にするために、連絡将校が乗り組んでいる。そこからの呼びだしだった。

「忙しいことだな」

「ああ」

少しぐらい休ませてくれてもいいのにと言う田澤だったが、蓑輪の答えは違った。

「戦争中だ。やむをえんさ」

「マルタ！　ゴヘイ！」

「や、やめてくれ」

搭乗員控室にいってもじゃれあう丸太とバーリングだったが、戻ってきたフィニュケンの表情は硬かった。

「どうした、ブレン」

「うん」

フィニュケンは目を伏せた。しばし沈黙した後、田澤と蓑輪に向けて顔を上げ、囁くように言った。

「どうせ伝わるだろうけど、まずはここだけの話にしてほしい……ラバウルが襲われた」

「ラバウルが！」

「しっ！」

思わず声をあげた田澤を蓑輪が制した。

フィニュケンが続ける。

「しかも、艦載機や艦隊の襲撃ではない。敵はB17ら重爆を繰りだしてきたらしい」

「重爆って。それでは」

重爆という言葉の意味を田澤は瞬時に理解した。

オーストラリアの北方であり、ニューギニアの東端にあたるニューブリテン島ラバウルから、もっとも近い敵の根拠地は、せいぜい南太平洋のフィジーだった。

しかし、フィジーからラバウルまではざっと片道一九〇〇海里あまり。

アメリカ自慢の長距離爆撃機B17をもってしても、とても往復できる距離ではないはずだった。

ということは、答えはひとつしかない。

敵は自分たちの知らないうちに、どこか近くに飛行場を建設して空襲を仕掛けてきた。

それしかない。

敵は本格的に反攻作戦を開始したのである。

「機体を置いてでもいいから、すぐに戻れというのが上の命令です。恐らく、ラバウルに急行することになるでしょう」

「そうですか」

田澤の表情も、見る見る険しさを増した。

「自分たちも命令を受けさえすれば、すぐにでも駆けつけます。共通の敵と戦うのは当然のことですから」

「頼りにしています。君らにきてもらえば百人力だ」

「武運長久を」

「そちらも」

敬礼する田澤と蓑輪に、フィニュケンは答礼した。

次にいつ会えるかはわからない。あるいは、これが最後の別れになるのかもしれない。そんな思いも、それぞれの胸中をよぎった。

「そうだ。大事なことを忘れていた。伝えねばならないことがあった」

フィニュケンは去り際につけ加えた。

「敵の艦載戦闘機に、機首を赤く塗ったものがいます。それに出会ったら、気をつけたほうがいい。格闘戦でも一撃離脱でも超一流で、自分の目の前でもあっという間に二機が落とされました。

残念ですが、追いつけませんでした。うちの隊では『ブラッディ・グラマン(血染めのグラマン)』と呼んでいます。できれば、君たちと共闘して落としたい相手です」

「ブラッディ・グラマン……」

田澤は敵のスーパー・エースの存在を知った。

しかもそれは艦載機乗りだという。

いつ、どこへ現れてもおかしくはない。

しかし、逃げることはできないと、逆に田澤は自分を奮いたたせた。

一家心中した従兄弟一家のような、悲惨な場面はもう見たくない。

日本社会を取りまく閉塞感を打破する。

低迷と停滞の原因であるアメリカの圧力を排除して、成長と拡大をもたらす。

それが、軍人として戦う田澤の大義である。

自分一人の力など、国と国との争いの中では、ほんの些細なものでしかないことはわかっている。

ただ、だからといって、目を背けているわけにはいかない。実際に行動を起こして、どんなに小さいことでも貢献していきたい。

だから、田澤はそれを実感できるものとして、前線の戦闘機搭乗員を志したのである。

自己満足？　それでも結構。強敵とあたって、その結果、力及ばず自分の命が失われたとしても、それはそれで構わない。

とにかく、自分は自分のできることを出し惜しみせずにやり抜く、やりとおすだけだ。

田澤はさらに思いを強くして、太平洋の風を浴びていた。

第4章
ソロモンの涙

一九四二年一二月一七日　ラバウル

帰還してきた機は、どれもぼろぼろだった。

多数の弾痕を穿（うが）たれ、よろめくように戻ってくる機や、主翼や尾翼の一部を失って、ふらつきながらなんとかたどりついたというような機もいる。

もちろん機体だけではなく、搭乗員が傷ついている例も少なくない。

担架で運びだされる者はまだいいほうで、着陸と同時に緊張が途切れたのか、機体を横転させたり、擱座（かくざ）させたりして重傷を負ったり、死に至ったりする者、せっかく帰還しながらも、負傷がそこで限界に達して息絶える者も一人や二人ではない。

それだけソロモンへの長距離攻撃が、熾烈で危険なものであるという証拠だった。

ハワイ作戦の失敗から約一年、アメリカ軍は隙を衝いてソロモン諸島に進出し、ガダルカナル島に飛行場を建設していたのである。

ソロモン諸島を敵に押さえられるということは、イギリスにとっては連邦を構成する重要国のひとつであるオーストラリアの喉元に刃を突きつけられるようなものだ。

日本にとっても前線拠点であるマーシャル諸島が包囲されることを意味しており、けっして看過できない重大事だった。

ガダルカナル島に対する日英の出撃拠点は、ニューギニア島の東に位置するニューブリテン島のラバウルである。片道一〇〇〇キロメートルという両島間の距離は、世界唯一の長距離制空戦闘機である零戦といえども、滞空時間が一五分程度と極端に限られて苦戦を強いられる。

必然的にここでも、洋上の航空基地たる空母の重要性は高まっていた。

一九四二年一一月二一日　ソロモン海

第一航空艦隊司令長官南雲忠一中将は無言だった。思うようにいかない戦況に唇は歪み、額には深い皺が刻まれている。

後ろでは参謀や艦の要員たちが、情報収集と対処指示に追われている。

旗艦『大鳳』の空気は重かった。

在ラバウルの航空隊によるガダルカナル攻撃がはかばかしくないことを鑑み、日本海軍は歴戦の空母機動部隊――第一航空艦隊の投入を決定した。

しかし、ガダルカナルの敵情については、いまだ不明な点が多いこと、敵が緒戦のようにいっきにトラックやマリアナを衝いてくる可能性も捨てきれないことから、ガダルカナルの攻撃は艦隊単位ではなく戦隊単位の投入とし、残りはトラックで敵別動隊の攻撃に備えることとなった。

ゆえに『大鳳』は僚艦『翔鳳』とともに、空母二隻でソロモン海に突入している。

この裏では、一航艦の全力を投入すべきだという連合艦隊司令部と、陽動を含めた敵の二正面作戦に備えておくべきだという軍令部の意見が対立したと聞いているが、最終的には上級司令部である軍令部が押しきる形で、今に至っている。

「意外に敵の守りは堅かったですな。ちっぽけな島の敵など、我が練達の搭乗員をもってすれば、すぐに一掃できると思っておりましたが」

参謀長草鹿龍之介少将は首をかしげた。

この戦隊単位の投入については、連合艦隊司令部が疑問を投げかける一方で、当の一航艦司令部の考えは楽観的だった。

敵は本拠地の大航空隊や主力艦隊ではなく、辺境の前線部隊にすぎない。そのような「弱敵」に対しては、戦隊どころか空母一隻もあれば充分であるというのが、一航艦司令部の考えだったのである。

しかし、そう簡単に事は運ばなかった。

夜明けとともに送りだした戦爆連合総勢四〇機の第一次攻撃隊は、敵戦闘機の妨害に遭って、さしたる戦果をあげられずに帰投したのである。

現在は敵戦闘機の掃討を優先すべく、戦闘機の割合を増やした第二次攻撃隊を送りだし、その戦果を待っているという状況だった。

「なに、ご心配にはおよびませんよ。たしかに出だしで若干つまずいたのは事実ですが、今度は大丈夫でしょう。

小癪な敵戦闘機を一掃し、あとは悠々と敵の航空施設や地上設備を叩けばいいだけです」

航空甲参謀源田実中佐は、自信たっぷりに言いきった。

「まあ、敵の戦力は知れているでしょうから、連続で攻撃されれば、もちこたえられますまい。部下たちを信じましょう」

「だといいがな」

源田に続いて楽観的に話す草鹿に、南雲はぽつりと返した。一抹の不安がよぎっていたが、南雲は航空作戦には素人だった。

航空に精通した部下の考えを信じて追認する。

それが南雲の現状であり、限界だった。

　草鹿も源田も、ハワイ作戦の失敗という教訓をまったく生かしていなかった。

　アメリカ太平洋艦隊が誇る戦艦群に壊滅的な損害を与え、航空優位の時代の到来を証明したカロリン諸島沖海戦大勝の実現と歓喜が、いつまでも二人の胸中にはこびりついていた。

　すでにソロモン海は敵地であり、自分たちは敵が待ちかまえている危険な海域に飛び込んでいる。攻撃側は防御側の三倍の戦力がなければ、それを打ちまかすことはできない。

　そうした戦いの鉄則も、すべて頭の中から飛んでいた。

　練達の搭乗員たちが、悪天候をはじめとした不利な条件の中でも果敢に戦い、損害はあっても敵にはそれ以上の打撃を与えた。

　そんなハワイ作戦での健闘が、むしろ二人には過信や侮（あなど）りという逆効果として働いていた。

　ガダルカナルに待つ敵は、二人が想像するよりもはるかに強力な敵だったのである。


　一方、前線で戦う搭乗員たちは、過信や侮りとは無縁だった。

　敵戦闘機の妨害がなかったカロリン諸島沖海戦はともかく、ハワイ作戦では敵の必死の邀撃（ようげき）に少なからぬ損害を被った。

　これまでともに訓練を重ねてきた同僚の中で、未帰還となった者も一人や二人ではない。また、負傷してようやく戦列に戻ってきた者も数多い。

　ラバウル航空隊の苦戦を聞いていたところに加えて、第一次攻撃隊の不発とくれば、否が応にも警戒感は高まっていた。

　空母『大鳳』戦闘機隊第一中隊第三小隊長田澤永江飛行兵曹長は、全身の感覚を研ぎ澄ませて敵の存在を探っていた。

　どんな些細な変化も見逃すまいと集中する。

　空戦を優位に進めるには、先手をとれるかどうかが鍵になる。

「一平、前に出すぎるなよ」

　するすると突出してきた三番機の亀山一平二等飛行兵に、田澤は声をかけた。

　今日の亀山はどこか違っていた。気負いというか、緊張のためか……。

　田澤は亀山と初めて顔を合わせたときのことを思いだした。

　新米で身長も低く、童顔の亀山は田澤にとって年の離れた弟のようだった。

「国は？」

「山形の山沿いです」

「山形か。俺は宮城だ。近いな。家族は？」

「母一人、兄弟はいません。父は幼いころに亡くし、自分の記憶にはありません」

「そうか。悪かったな。つらいことを聞いてしまって」

「いえ。母と二人だったからこそ、自分は母が誇らしく思うような人間になりたいんです。立派に死んでくると、故郷を後にしてきたのです」

　そんな亀山も、すでに新人の域は脱している。

　開戦から一年あまりを経て、単独での敵機撃墜こそないが、こうして生き残っていることが、よく戦っているなによりの勲章だったのだが。


「敵！」

　ふいの銃撃音に、田澤は振りむいた。

　複数の真っ赤な火箭(かせん)が突きあがり、早くも被弾した味方機が炎を吹いて墜落していく。

　すぐさま散開をかけるが、回避が間にあわず、さらに数機が敵弾を食らって片翼を引きちぎられ、あるいは発動機を撃ち抜かれて落とされていく。

搭乗員を射殺されたのか、機体にはなんの損傷も見られないまま、墜落していく機もある。

「下から来ただと」

田澤はうめいた。

田澤らが操縦する零式艦上戦闘機は、運動性能を最優先に設計された機体である。格闘戦を得意にするが、敵アメリカ軍機は運動性能よりも速度性能や急降下性能を重視して造られた機が多い。

だから、田澤ら戦闘機隊は敵が上から一撃離脱をかけてくる可能性が高いと、常に頭上を意識して、特に目がくらむ太陽方向には意識を集中していた。

しかし、敵はその裏を衝いて下から仕掛けてきた。田澤らは敵にまんまと奇襲を許したのである。

今になって思えば、自分たちは勝手な思い込みを強くするあまり、自ら視野を狭めてしまっていたのかもしれない。

「あれか」

眼下にはうっそうとした密林が広がっていた。緑色が濃いが、ところどころに茶色や黄土色の部分も点在する。

敵はその迷彩効果を活用したのである。

洋上の青一色に比べれば、光学的に見極めづらくなるのはたしかだ。

敵はこの場での戦い方を心得ている。

手強いと、田澤は直感した。

オアフ島近海で対峙した敵は、数を頼みに自分たちを苦しめたが、今日の敵は質の面でも強敵かもしれない。

その証拠に……。

「新型だな」

下から矢のように突きあげてくる敵機は、今まで見たこともない機だった。

巨大な機首を持つカーチスP40ウォーホークでもなければ、短くて太い胴体のブリュースターF2Aバッファローやグラマンｆ４Ｆワイルドキャットでもない。

それぞれ発動機を据えた二つの胴体を主翼と水平尾翼で並行につなぎ合わせて、真ん中に短い機首と搭乗員席を置くという奇異な外観は斬新だが、言い知れぬ違和感と威圧感を与えてくるものだった。

ロッキード社が邀撃を念頭に、上昇性能と高空飛行性能を優先として開発したP38ライトニングだった。

一見して、甲羅から前に首を左右に両手を出した亀を思わせるが、動きはまるで正反対のように速い。

形はけっして空力学的に洗練された速そうに見えるものではなかったが、双発のエンジン馬力にものをいわせて強引に機体を引っ張っているように見える。

速力は零戦を数段上まわっている。

「よせ。迂闊（うかつ）に近づくんじゃない！」

僚機を落とされて頭に血がのぼったのか、一機の零戦が正面から仕掛けた。

敵機が高速な分、相対速度は必然的に高まる。

「な（に）！」

一瞬のことだった。あっという間に距離が縮まったと思ったところで、田澤は信じられない光景を目にした。

敵機の銃撃は、およそ単機とは思えないほど濃密なものだった。

零戦の銃撃をしとしとと降る春雨にたとえれば、敵機のそれは叩きつける雷雨のようだった。

標的となった零戦は無数の穴を穿たれながら、各接合部を破壊され、外鈑やプロペラ、エンジンカウリングからワイヤー類など、ありとあらゆる部位を噛みちぎられてジュラルミンとガラスの残骸に変わり果てた。

細かく砕かれたガラスが空中にばら撒かれて、星屑のように輝く。

驚くべき強武装だった。

田澤もこれまでソ連軍機やドイツ軍機、イギリス軍機など、数多くの戦闘機を目にしてきたが、これほどまでに強力な銃撃力を持つ戦闘機は見たことがない。

恐るべき強敵と言っていい。

田澤がそう感じたのも、もっともだった。

一二・七ミリ機銃を主翼や胴体に分散配置していたP40やF2A、F4Fと違って、P38は二〇ミリ機銃一挺と一二・七ミリ機銃四挺を機首に集中配置していたのである。

敵機の機首が閃くたびに、零戦が一機また一機と撃墜されていく。

「ちっくしょう。僕だって、僕だって」

「やめろ！　一平、そいつは」

田澤の制止を振りきって亀山は突進した。両翼の銃口を真っ赤に染めて突っ込む。

しかし、そんなやぶれかぶれの銃撃で仕留められるほど甘い敵ではなかった。

亀山が狙ったP38は、なんなく急降下で亀山に空を切らせて離脱する。

代わって別のP38二機が上空から迫る。

「くっそお！」

亀山は機首をひねって銃撃を続けたが、すぐに発射把丙の手応えがなくなった。弾切れである。

「一平！」

一機めの銃撃は幸いにも外れた。かわしたというよりも、敵が失敗したというのが実態だった。

二機め。田澤は機首から七・七ミリの銃撃を亀山機越しに突き込んだ。七・七ミリ弾は威力が小さいが、弾道の直進性に優れる。

撃墜を狙ったものではなく、亀山機を狙うＰ38への牽制が目的だった。射撃のタイミングを外させたり、照準を狂わせたりすれば御（おん）の字だ。

田澤の目論見どおり、亀山機を狙っていたＰ38は回避行動をとったため、銃撃の機会を失ってそのまま消えていく。

しつこく反転して襲ってくることはない。一撃離脱の戦法は徹底しているようだ。

束の間、助かった気になるかもしれないが、攻撃する立場で考えれば、逆に落としにくい敵と言える。自分たちの短所と長所とをわきまえた、適切な行動である。

もちろん、これで終わりではない。

編隊行動から外れて単機になった亀山機は、敵にとって格好の標的だった。

すぐに第三、第四の敵が襲ってくる。

亀山も残弾のある七・七ミリ機銃に切り替えて応戦しようとするも、Ｐ38は想像以上に速くて追いつかない。

Ｐ38の猛射が今度こそ亀山機を貫いてしまうかと思えるところだったが、この短時間にも田澤は敵新型機Ｐ38の特徴を見抜いていた。

「そこだ！」

田澤は左の水平展開をかけた。右の主翼を跳ねあげて垂直になった機体が、反時計まわりに動きだす。

Ｐ38との相対位置と相対距離とを絶妙にはかった、田澤の機動だった。

Ｐ38の魁偉（かいい）な機影とはまったく異なる、尾部に向けて絞り込まれたスマートな機体が、高空を滑るように移動する。

田澤はＰ38の側面に躍り出て射点についた。

これまで相手にしてきたP40やBf109であれば、この時点で逃げられていたかもしれない。あるいは、すでに気づかれて反撃に出られたかもしれない。

だが、P38は無防備な側面を晒したままだった。

田澤の視界の中で、P38の機影が膨れあがる。

「やはり左右の視界はよくないようだな」

田澤はP38の機体構造と微妙な動きの癖から、そのことを感じとっていた。

両翼に残っていたわずかな二〇ミリの残弾を、P38の未来位置に向けて吐きだす。

P38は自らその火網に飛び込んだ。

黒色の破片が散り、P38が急所をひと突きされたように、その場にのたうった。

いかに新型機であろうとも、航空機銃としては大型の口径二〇ミリの弾丸を食らえば致命傷になりうる。

その好例だった。

亀山を狙っていたP38は、そのまま錐もみに至って墜落していく。

頭脳的な空戦を信条とする、田澤の真骨頂たる戦果だった。

だが、田澤ができたのはそこまでだった。

亀山を狙っていたP38は、もう一機存在した。

さらに悪いことに、亀山機の後ろから飛びかからんとばかりに接近するそのP38は、田澤から見て逆側だった。

やぶれかぶれの銃撃も届かない。

その上、田澤機の操縦席にも敵弾が飛び込む。

甲高い金属音が耳を衝き、同時に左腕に刺すような痛みを感じる。

「くそっ」

銃撃を終えた敵機が、風を巻いて田澤の眼前を横切る。

これも新型機だ。

空冷機とひと目でわかる大径の機首を持ち、まるで砲弾を逆向きに飛ばしているような機は、リパブリックＰ47サンダーボルトだった。

見るからに重々しい機影だが、それを補ってあまりある発動機の力で、強引に蒼空を引き裂いて進む印象だ。至近で聞く飛行音は騒々しいを超えて、まさに爆音である。

あえて田澤のすぐ前を通過していく機は、「人の心配なんかしている場合かよ」と嘲笑うかのようだった。

亀山の危険は続いていた。

Ｐ38の機首が閃く。零戦やＦ４Ｆの銃撃を花火の光にたとえれば、こちらは稲妻にも匹敵する強烈な光だ。

雷雨のように叩きつける銃撃が、亀山の機体を噛みくだく。

（駄目だ）

絶望は次の瞬間、驚愕に取って代わった。

亀山に向かう火箭の前に、一機の零戦が身を投げだすようにして割り込んだのである。

「枝野！」

田澤には、それが自分の二番機を務める枝野哲蔵二等飛行兵曹機であることが、すぐにわかった。

枝野は身を挺して亀山を救おうとしたのである。

枝野機は黒煙を引きずりながら脱落していく。

「枝野！」

ソロモンをめぐる航空戦は、歴戦の一航戦戦闘機隊にとっても容易なものではなかった。

敵は日本軍の見通しをはるかに上まわる戦力を投入し、日英への圧迫を強めつつあった。

日本軍はもっとも避けるべき消耗戦に巻き込まれはじめていたのである。

枝野二飛曹はかろうじて生還した。

左右によろめきながら着艦した瞬間、主脚が折れ、機体は前のめりに傾いた。

胴体着艦の格好になった枝野機は、火花を散らしながら飛行甲板上を一回転して停止した。

「枝野！」

田澤は整備員らとともに駆け寄った。風防を開けて、三人がかりで担ぎだす。

「気をしっかり持て。大丈夫、傷は浅いぞ」

そう言いつつも、重傷であることはすぐにわかった。飛行服はどす黒く血で染まっており、手足の感覚も鈍っているようだ。

特に左脚はだらりと垂れさがり、完全に骨折していることをうかがわせている。

「小隊長、亀山を外したりはしないでください。俺、あいつの気持ちもわかる気がするんです」

「わかった。もういい。もういいから、しゃべるな」

枝野は最後まで亀山をかばっていた。新兵として配属されてから、ここまで必死に転戦してきた亀山だったが、単独で敵機を撃墜したことはまだなかった。

そろそろなんとかしたいという気持ちが、味方の劣勢を見て、空回りするように拍車をかけてしまったことを、枝野はよく理解していた。

ここを乗りきれば、亀山もようやく独り立ちできるかもしれないという、枝野の親心だった。

「急げ！」

衛生兵が代わって、枝野をのせた担架を運んでいく。

田澤は亀山に歩み寄った。

「一平。お前、なんであんな無茶をする！」

「無茶でもなんでもいいんです！　自分が死んでも敵を落としさえすれば」

「馬鹿野郎！」

田澤は亀山の胸倉をつかんで声を荒らげた。

「いいか。敵を一機落としたところで、お前が落とされてはなんにもならん。

わからんか。敵の力は強大だ。俺たちは一人で二役も三役もこなして、ようやくこの戦に勝てるかどうかというところだ。

それにだ。死に急ぐのは勝手かもしれんが、お前がへまをしでかすことで、隊全体が危険に晒されることもある。そのことをよく考えろ！」

「まさか！　枝野二飛曹が。小隊長も」

田澤の腕から鮮血がしたたり落ちた。

威勢がよかった表情が見る見るかげり、亀山は肩を落とした。

「……自分も、自分も敵を落としたかったんです。ですが、そのために自分はとんでもないことを」

亀山の両目から大粒の涙がこぼれおちた。

田澤は亀山の肩を軽く叩き、口調をやわらげて言った。

「死んでいくのは俺たちでいい。母一人子一人のお前は生きて帰れ。お前は俺とは境遇が違う」

田澤や亀山を取りまく戦況は急速に悪化し、厳しさを増していた。

過ぎた時間は取り戻せない。やり直しもきかない。それがわかっていても、過去に縛られ、わりきれないのが人間というものである。

勝ちたい、守りたい――そうした思いを強くすればするほど、現実は上滑りしていく。

男たちの苦悩と悲哀は、戦争という大きな魔物の前に、あっさりと飲み込まれていくだけだったのである。

一九四二年一二月二五日　東京・霞が関

どこの世界でも、多かれ少なかれ権力争いというものが存在する。

「赤レンガ」と呼ばれる海軍の中枢たる赤い煉瓦造りの建物には、軍令部と海軍省が同居していたが、歴史的に見ても両者が良好な関係を保ってきたとは言いがたい。

特に軍を取りまく状況が悪化したり、低迷したりしているときは、両者の溝が浮き彫りになるものだ。まさしく今は、その典型と言ってよかった。

海兵同期で日本海軍をともに牽引する立場にある二人の男も、意見の対立が鮮明になっていた。

海軍大臣山本五十六大将と軍令部総長嶋田繁太郎大将の二人である。

ソロモン方面の戦況は停滞したままだった。

三日前の二一日、第一航空艦隊司令長官南雲忠一中将が直率する第一航空戦隊——空母『大鳳』『翔鳳』の二隻が艦載航空隊としては初のガダルカナル空襲に踏みきり、翌日にはラバウルの基地航空隊が、さらにその翌日には第五航空戦隊の水上機母艦『千歳』『千代田』の搭載水上機が追撃をかけるという波状攻撃を実施したものの、頑強な抵抗を続ける敵を一掃するには至っていない。

ガダルカナルのアメリカ軍航空隊と守備隊は疲弊しつつも、同地にしがみつくようにして居座りつづけているのである。

日英の戦略拠点であるニューブリテン島ラバウル、ひいてはイギリス連邦の重要な構成国であって、日本にとっても資源や食糧の供給源となっているオーストラリアへの脅威を野放しにはできない。

さらには、ギルバートやマーシャルといった中部太平洋の島嶼（とうしょ）地域が包囲される危険性を残したままにはできない。

こうして日英軍は腐心している。

そこで山本は持論をぶつけに、嶋田を訪ねていたのだった。

「うまくいっていないようだな」

「皮肉を言いにきたわけではあるまい」

勧められる前に山本は深々とソファーに腰を沈め、嶋田はぶっきらぼうに返した。これが遠慮のない同期のやりあいというものだ。

「敵は当初我々が考えていたよりも、数段上の戦力を投入している。ソロモン方面を重視する姿勢も、我々の想定とははなはだ違って強いようだ。

ラバウルの航空戦力で事態の打開ができないことはもちろん、一航戦を投入しても駄目なものを、五航戦を投入しても埒があかんのではないのか? 航空は……」

「貴様の言いたいことはわかっているよ」

嶋田は山本の言葉を遮った。

「一航艦の全力を投入すればいい。そう言いたいのだろう?」

「わかっているなら」

嶋田はかぶりを振った。

「いまや我が軍の主力が航空にあるのは、俺も理解している。だからこそ冒険はできん。ガダルカナル周辺の戦況は停滞しているわけではない。混沌としてきている。わかるか、山本よ」

嶋田は続けた。

「はじめは航空機のぶつけ合いだけだった。そこに敵は水上部隊の護衛をつけて戦力を増強しはじめ、今はさらに潜水艦もうようよしはじめている。そんなところに虎の子の機動部隊を丸ごと出すというのは無謀すぎる」

「では、どうする。策はあるのか」

「もちろんだ」

不服そうな山本に嶋田は胸を張った。

「目には目を、歯には歯を。敵が水上部隊を出してきたところで、こちらもそれをぶつける。航空戦力で敵の飛行場を潰せないならば、艦砲で潰すという策もある。それが軍令部の結論だ」

「敵の航空戦力は健在なんだぞ」

山本は嶋田の目を睨みつけた。

「航空が砲に優るというのは我が軍が証明した。そこで、あえて貴様は水上部隊をその前に晒そうというのか」

「最悪の場合、直衛を空母機にやらせるという手もある」

「主役が脇役に、脇役が主役にでは、屋台骨が折れたも同然だ」

「主役だ、脇役だ、ということなどどうでもいい。役まわりは時と場合によって入れ替わるものだ」

「俺は役まわりのことを言っているのではない。それらの実力を見てのことを言っている」

「不毛な議論だな。はっきり言うぞ、山本よ」

今度は嶋田が、山本の目を睨みつけた。

「これは、見解や方針ではない。軍令部が出した『結論』なのだ。貴様の職権がおよぶ範囲は軍政だ。軍令は文字どおり、我々軍令部の範疇（はんちゅう）にある。これ以上、口を挟まないでもらおうか」

山本と嶋田の意見は最後までかみ合わず、平行線をたどっただけだった。

トップの対立は当然、組織の前進に対する阻害要因となる。ソロモンをめぐる日本軍の対応と戦況は、ますます混迷を深めていくだけだった。

一九四二年一一月二七日　ソロモン海域

年の瀬も押しつまったころ、空母『大鳳』『翔鳳』からなる第一航空戦隊は、ソロモン海にとどまりつづけていた。

ガダルカナルの敵飛行場は叩いても叩いても潰れないどころか、日増しに抵抗は強まっていた。

敵設営隊の土木技術力は目を見張るものがあり、また損耗した機体と搭乗員の補充も、敵は夜間の緊急輸送で補っているようだった。

陸軍、あるいは海軍陸戦隊による陸上からの飛行場奪取という案も検討されたが、制空権、制海権をたしかなものにしていない状況では、揚陸作戦そのものが成り立たないとして、早々に却下されている。

仮に無理に上陸させたとしても、補給が続かないことは目に見えていた。

こうした事情をふまえて、軍令部は水上部隊の投入を決定した。

艦砲で敵飛行場を叩くとともに、あわよくば敵の輸送船団を捕捉して、敵を干あがらせようという作戦である。

しかし、これに強く反発する男が『大鳳』艦上で声を荒らげていた。第一航空艦隊司令部航空甲参謀源田実中佐である。

「これは侮辱です！」

源田の顔は紅潮し、両目は吊りあがっていた。

「我々にはガ島の敵を排除するだけの力がないと、軍令部はそう言っているのですよ。しかも、しかもですよ。夜間に艦砲射撃をかけた艦隊の上空警護を翌日やれとは……話になららん！」

源田は海図台を両平手で叩いた。

「カロリン諸島沖で敵主力を撃滅した英雄に対して、そんなくだらん任務を押しつけるとは言語道断！　今晩には第三戦隊らが、この海域に到着します。参謀長、これでいいのですか。我々の尻拭いをほかにさせるという」

「たしかに気に入らんといえば、そうだが」

参謀長草鹿龍之介少将は消極的ながらも賛意を示した。源田は勢い込んで、司令長官南雲忠一中将に具申した。

「長官、昼間のうちにけりをつけましょう。ガ島攻撃という当初の任務が撤回されたわけではありません。ようは我々が今晩までに片づければいいだけです。

このままでは我々のメンツは丸つぶれです。ただちに攻撃隊を出しましょう。今度こそ、我が精鋭たちが完膚なきまでに敵を叩いてくれるはずです」

「…………」

南雲は瞑目した。

これまでの過程が正直よくなかったこと、艦載機隊の消耗も進んでいること――それらを理解していない南雲ではなかった。

しかし、南雲にも忸怩たる思いがあった。

宿敵アメリカ太平洋艦隊を一掃した自分たちが、たとえ手持ちの戦力の一部とはいっても、ちっぽけな島の守備隊すら排除できないとは。

そして、上層部がそれを見て、代わりの艦隊をよこすとは。

南雲も、それらを屈辱と感じていないはずがなかった。

「ここで第三戦隊らの支援を仰いだとなっては、この一航戦、ひいては一航艦の相対的地位は低下します」

源田の口調が、さらに熱を帯びた。

純粋な戦術論や戦果の見通しといった観点はいつのまにか消しとび、面子やプライドをいかにして保つか、潰さないですむかというように目的がすり替わっていた。

源田得意の感情論的思考である。

「このままでは長官のお名前にも傷がつきます。長官、ご決断を」

「やらざるをえんか」

南雲はゆっくりと双眸を開いて言った。迷う気持ちも残っていたが、源田に気圧(けお)された南雲だった。

「やるしかあるまいな」

「はっ！」

南雲のお墨付きを得て、源田は喜色を浮かべて命じた。

「攻撃隊発艦だ。目標、敵ガ島飛行場！」

源田の目は血走っていた。

水上部隊の助けなど借りぬ。なんとしてでも自力で片づける。その思いしかなかった。

源田は冷静さを失い、正しい状況判断ができなくなっていた。当然、彼我の戦力分析なども頭にはなかった。

そうした状況で攻撃隊を送りだしても、期待する戦果など望めるはずがない。

朝の第一次、昼の第二次攻撃隊も果敢にガダルカナル島には突入したものの、敵戦闘機と対空砲火の激しい妨害に遭って、敵の航空および地上戦力の覆滅には至らなかった。

しかし、源田は引きさがらなかった。

「長官、第三次攻撃隊を出します」

南雲は時計を一瞥(いちべつ)したが、それよりも早く反応したのが草鹿だった。

「これからか。それでは攻撃隊の負担が大きすぎないか？　損傷している機体も多いし、搭乗員の疲労もかさんでいる。せめて明日仕切りなおしということにしたほうがよいのではないか」

時計は午後三時をまわっていた。

これから発艦作業をいくら急いでも、攻撃は薄暮になる。目標の識別が難しくなるだけではなく、さらに難題となるのが、帰還が日没後になるということだった。

「攻撃は今、行ってこそ価値があります！」

源田は高らかに言った。

「薄暮攻撃は困難。それは敵も同じ認識でしょう。となれば、そのときに空襲をかければ奇襲となる可能性が大です。これまでさんざん手を焼かさせられた敵を、今度こそ叩きつぶす好機です」

「敵がこちらに反撃してくる可能性はないだろうか」

「ありません！」

首席参謀大石保中佐の疑問に源田は即答した。

「敵の空襲はいまだ見えませんし、これは敵が機会をみはからっているというよりも、防戦で手一杯である証拠であります。つまり、あとひと押しということです。それに……」

「これを忘れてはならない」と源田は念を押した。

「今晩には第三戦隊以下が到着します。明日への先延ばしは許されません。よろしいですね、長官」

「…………」

数秒間の逡巡の末、南雲はひと言漏らした。

「帰りがな」

「長官は夜間帰投となることを懸念されている」

草鹿が捕捉、代弁して源田と目を合わせた。

「どうする？」という草鹿の眼差しだったが、源田はすぐに切りかえした。

功名心や感情が前に出る点は問題だったが、頭の切れや回転に関しては、源田は常人のそれをはるかに超えていた。

「艦隊を前進させましょう。飛行距離が短くなれば、それだけ早く攻撃隊を収容できます。搭乗員の負担も減るはずです。なんなら信号を送ってもいい。厳しい命令を出すならば、出すほうもそれなりの覚悟を見せるべきでしょう。うん、それなら問題ない」

源田は自問自答して納得した。

「本当にそれで……」

「よろしいですね、長官」

なお疑問を呈する大石を退けるようにして、源田は決済を求めた。

源田、大石、草鹿の視線が南雲に集中する。

「ここは自重すべきだ」という大石の主張と、「ただちに攻撃命令を」という源田の意欲が、視線にのってぶつかり合う。

その先で南雲は、ぽつりと口を開いた。

「やってみろ」

この瞬間、一航戦の方向性が決定した。

第三次攻撃隊を出して、ガダルカナル島への薄暮空襲を敢行するのである。

大石はなおもなにか言いたそうに引きつった表情を見せていたが、この場の最高指揮官たる南雲が決断した以上、それを覆すのは何人（なんぴと）たりともできない。

『大鳳』『翔鳳』は慌ただしく発艦作業に入った。

陽は西に傾き、影が東に向かって長く伸びはじめていた。

夕日を背負いながら、制空隊は必死の思いで敵機に食らいついていた。

持ち前の運動性能を生かし、零式艦上戦闘機が右に左にと急旋回して敵機の背後につこうとする。

だが、そこで零戦の銃撃に捉えられる敵機は少ない。

敵機は形勢不利と見るや、猛速で零戦を取り残して離脱したり、それ以前に「踊りたければ勝手に踊っていろ」とばかりに、上昇下降のみで徹底的に一撃離脱を繰りかえしたりしている。

空母『大鳳』戦闘機隊第一中隊第三小隊長田澤永江飛行兵曹長も、その渦中で焦慮（しょうりょ）を深めていた。

単発で頭でっかちのリパブリックP47サンダーボルトが弾丸のように目の前を通りすぎたかと思うと、ロッキードP38ライトニングが重武装で僚機を粉砕する。

田澤が持てる操縦技術を駆使して死角を衝こうとするも、敵機は大馬力エンジンにものをいわせて、危険領域から脱していく。

当然、田澤がフルスロットルで追っても、彼我の距離は開く一方である。

「この機体では、敵に勝てない」

田澤は零戦の限界を感じていた。

開戦劈頭に相手をしたブリュースターF2Aバッファローやカーチス P40ウォーホークといった敵であれば、零戦は速度性能や武装で見劣りすることもなく、圧倒的な運動性能と航続力で空戦を優位に進めることができた。

しかし、敵機はそれ以後急速に発達し、特に速度性能では零戦がはるかにおよばない領域に達し、機体の頑丈さからくる急降下性能も、もはや零戦を寄せつけない。

これに対して零戦も初期の二一型から、主翼を切りつめて発動機も交換した三二型へと改修をはかって速力の向上に努めた。しかし、その効果は限定的で、逆に零戦の最大の売りである運動性能が悪化するなど、前線で戦う搭乗員の評判は芳しくない。

開戦当初に太平洋の空を自分のものにした零戦神話が崩壊してきているのだと、田澤は感じていた。

制空隊の苦戦は当然、後続の爆撃隊にしわ寄せがいくことを意味する。

急降下爆撃を任務とする九九式艦上爆撃機や水平爆撃を狙う九七式艦上攻撃機に、敵機がとりつく。

零戦すら振りきる相手を前にしては、九九式艦爆も九七式艦攻も蛇に睨まれた蛙も同然である。ろくに逃げまわることもできずに、一機また一機と哀れに撃墜されていく。

薄暮攻撃で敵の意表を衝くという思惑は完全に外れ、強行した第三次攻撃も失敗に終わることは、もはや明白だった。

（畜生）

田澤はぎりぎりと歯を噛みならした。

目的が達せられるならば、自分の命がなくなってもいいと考える田澤だったが、それすらかないそうにない。

失笑する田澤の耳に、銃撃音が飛び込んだ。

次の瞬間、右の翼端を鋭い火箭がかすめていく。

かわしたのは偶然だった。たまたま左に旋回をかけたところに、敵の銃撃がかぶったのである。

田澤はそのまま旋回を続けた。主翼を天地に向けて、九〇度傾いた機体が左に流れていく。

「グラマン？」

轟音とともに腹の下を敵機が通過していくかと思ったが、そうはならなかった。

バックミラーには、そのまま追ってくる敵機が映っていた。

バックミラーはもともと零戦にはなかったものだが、鹵獲（ろかく）した敵機を見て有効性に気づいた田澤が現地改修で取りつけたものだった。

Ｐ38やＰ47といった陸軍機とは異なるネイビー・ブルーに塗装された敵機が、バックミラーをとおしてくっきりと見えた。

しかも……。

「赤……赤い機首。まさか！」

田澤を追ってくるグラマンＦ４Ｆワイルドキャットの機首には、赤い塗装が施されていた。

戦友ブレンダン・フィニュケン大尉が恐るべき敵と語っていた敵のスーパー・エース――ブラッディ・グラマンに違いない。

（それに出会ったら、気をつけたほうがいい。自

分の目の前でもあっという間に二機が落とされました）

金髪碧眼の姿とともに、注意を促すフィニュケンの言葉が甦った。

「くそっ！」

失望のあまり、うつろになりかけていた田澤の双眸だったが、必要にかられていっきに冴えを取り戻した。

「こんなところで犬死にしてたまるかよ」

田澤は操縦桿を引きつけて、スロットルを開いた。

零戦が機首を跳ねあげ、高空に駆けあがる。と、見せかけつつ、田澤は急減速して敵機を追いこさせようとした。

物理的なエネルギーの激変で華奢な零戦が悲鳴をあげるが、たいていの敵はそこで勢いあまって前に出る。その背後を狙い撃とうとする田澤の作戦だった。

だが……。

「なに！」

田澤が見たのは、前に飛びだした敵機ではなく、自分を貫こうとする敵の曳痕だった。

敵は田澤の動きを見透かして銃撃を続けた。勘が鋭いのか、洞察力が抜群なのか。

いずれにしても、一筋縄ではいかない敵だった。さすがにイギリス軍内で評判となるだけの強敵である。

「それなら！」

田澤は急旋回や宙返りを駆使して、反撃に出ようとした。

しかし、敵はことごとく追随してきた。

F4Fは零戦に比べて運動性能が劣るはずだが、それでこうだとは恐るべき敵である。

田澤は敵の背後を奪いかえすどころか、振りきることすらままならなかった。

　田澤が動き、敵が続く。敵が銃撃し、からくも田澤がかわす。その繰りかえしだった。

「小隊長」

「来るな！」

　亀山の声だった。田澤の危急を見て、駆けつけたのである。

「来ちゃいかん！」

　絶叫はすぐ絶望に変わった。

　次の瞬間、亀山機は田澤の目の前で散華（さんげ）した。

　黄白色の光が脳裏を貫き、鮮紅の炎が胸を焼いた。

　敵弾は亀山機の弾倉を直撃した。

　十字の閃光が見えたと思うや否や、亀山機は鈍い音を伴って爆裂した。

「一平！」

　童顔で子供のような笑顔を見せた亀山一平二等飛行兵は、炎と煙の中に消えた。

　両目を大きく見開いたまま、田澤は茫然自失となりかけた。騒然とした戦場のいっさいの音も光景も束の間、田澤の感覚から遮断され、これまでの亀山との思い出が次々と田澤の脳裏にフラッシュバックした。

　ただ、すぐに田澤は我に返った。

「あいつ！」

　亀山機を撃墜したＦ４Ｆが迫る。血染めのグラマンではない。

　亀山機を落としたＦ４Ｆは、亀山の注意がこちらに向いた隙を狙って、ひと突きしたのである。隠れて背中から撃つという汚いやり方だった。

「桜？」

　前方から迫ってくるＦ４Ｆの胴体前部には、大きな桜模様が描かれていた。撃墜マークにしては大きすぎる。

互いに銃撃を避けながら、二機はすれ違った。
赤い夕陽が風防の中に射し込み、敵搭乗員の顔を照らす。

「！」

その瞬間、田澤は凍りついた。

酷薄とした笑みを見せるそれは、この世のものではないはずのものだった。

明確な悪意と怨念に満ちた表情は、田澤にこのうえない嫌悪感を抱かせた。

「鬼島、中尉」

田澤は震える声で、その名を口にした。

今年の一月二八日から二九日にかけてのカロリン諸島沖海戦終了間際に、田澤に勝負を挑んで敗れ、そのまま姿を消した鬼島である。

味方の空母以外に降りられるところのない洋上のど真ん中という地理的環境も合わせて、鬼島は自死したものと誰もが考えていた。

だが、鬼島は現れた。しかも敵の一員としてだ。

「見間違いか？　アメリカにも日系や中国系の東洋人はいるはずだ。いや、そうではない。あの一重まぶたと陰湿な眼差しは、見間違うはずがない。それになにより」

あの田澤を見る表情が、鬼島であるなによりの証拠だった。

経緯は不明だが、鬼島は敵に寝返って明々白々と田澤らに牙を剥いてきたのだった。

「なぜ、こんなことに……」

ここで新たな脅威と不安材料が田澤らに降りかかった。混乱する思考と悲哀が、涙となって田澤の双眸から滲みでた。

田澤だけではない。

多くの同僚や部下を失った男たちの叫びが、空にこだました。

そこに残るのは空虚な響きか、悔恨と失望、行き場のない怒りがないまぜとなった怨念か。

ここには、なぐさめの言葉も癒しもなかった。翻弄する戦争の波と非情な運命に、男たちの心はすさみ、瞳は光を失う。

ソロモンは目に見える物的な消耗を強いるだけではなく、人の精神をも蝕む修羅場と化していたのだった。

さらに悲劇は、それだけにとどまらなかった。

同日夜　ガダルカナル島北西海域

昼間の空戦で疲労困憊に至った搭乗員たちは、死んだように眠りについていた。

やっとの思いで帰還した者たちだったが、負傷した者や精神的な打撃を受けた者も少なくない。そして、熾烈な戦況はそれらが静かに休むことすら許さなかった。

異様な音と振動に、田澤永江飛行兵曹長は目を覚ました。

「聞いたか?」

「ああ」

同じく起きあがった蓑輪涼太飛曹長と顔を見合わせ、田澤は怪訝な様子を見せた。

突きあげるような振動が足裏を刺激し、波長の長い低音が両耳を小突く。

蓑輪の表情は険しかった。予科練同期で戦闘機搭乗員として一流の蓑輪だが、その鋭い感性がただならぬ事態だと感じとっていたのかもしれない。

「大変だ!」

息を切らして入室してきたのは、丸太吾平一等飛行兵曹だった。

太い体形で、ただでさえ疲れやすそうな男だが、今に限ってはそうした単純な体力的問題ではないようだった。

「砲撃だ。敵の砲撃を受けている！」

「なんだって!?」

田澤は血相を変えて叫んだ。

空母という艦種は、少なくとも対水上艦艇という意味において、敵が攻撃できないところから艦載機を送り込み、一方的に痛打を与えることを目的とした艦といえる。

当然、砲兵装や雷装といった近接戦闘の武装はないに等しい。

したがって、いったん懐にもぐられてしまえば、逆に一方的に叩かれるだけになってしまう。

そもそもこうした状況は想定していないのだ。

そのため空母は快速で洋上を移動し、広範囲を索敵しているのだから。

（自分たちにも責任がある）

田澤はその想定外のことが起きた理由を悟っていた。

第一航空戦隊の空母二隻は日没後に帰投する艦載機のため、長波信号で誘導してくれるとともに、尾灯を点けて着艦を助けてくれた。

それが結果として、敵を呼び寄せる一因となってしまったのである。

「しくじりましたな」

参謀長草鹿龍之介少将の声に、司令長官南雲忠一中将は無言だった。ただ真一文字に結んだ唇からは、穏やかならぬ南雲の心中が推しはかられた。

その後ろで、航空甲参謀源田実中佐はあからさまに顔を赤らめていた。

源田は第三次攻撃隊を出すという南雲の決済を得るために、帰投の誘導と艦隊の前進を提案した。

南雲は日没後の帰還となる搭乗員たちに配慮したつもりだったが、それが完全に裏目に出た。

一航戦はあえて敵の待つ中へ踏み込み、自らの存在を露呈したのである。

すべては、源田の暴走が原因だった。

「第三戦隊は今どこだ！　なぜ敵はこっちに現れた。脅威なのはむしろあっちだろう」

源田は怒りに震えたが、それは勝手な自分の思惑でしかない。敵が自分たちの期待どおりに、常に動くとは限らないのである。

「まさか、こんな形で」

ひときわ大きい飛来音が、さらに加速度的に増したと思った次の瞬間、源田の肉体はまばゆい閃光と熱風に晒された。

そこには痛みもなにもなかった。いっさいの感覚が瞬間的に失われ、源田だけではなく南雲も草鹿も最期という意識を持つこともなく、永遠の闇の中へと吹き飛ばされていったのである。

一九四三年一月七日　ソロモン海域

戦時ともなれば、軍人に正月などない。年末年始も変わらず忙しく軍務に励む間に、開戦後二度めの正月は慌ただしく過ぎ去っていた。

すれ違う友軍艦艇の姿に、将兵の表情は一様にこわばっていた。

艦首先端やマストをもぎとられた巡洋艦や、舷側の一部を抉りとられた駆逐艦、さらには艦上構造物の大半を潰されて、まるで廃材運搬船さながらの艦すらある。

それだけ昨晩の夜戦が激しいものだったことを示す証拠だった。

第二航空戦隊司令官山口多聞少将は、旗艦『飛龍』の艦橋から静かにその光景を見つめていた。

「英軍も手ひどくやられましたな」

「敵も甘くない。そう簡単にはいかんだろうさ」

首席参謀伊藤清六中佐の言葉に、山口はさらりと答えた。

一週間前に、第一航空艦隊司令長官南雲忠一中将が直率した第一航空戦隊を撃退したほどの敵である。

この一〇日間、イギリス海軍は次々とソロモン海域に艦隊を送り込み、制海権の奪取とガダルカナル島に駐留するアメリカ軍の殲滅を試みたが、いずれもアメリカ軍の頑強な抵抗に遭って、中途半端な結果に終わっている。

ガダルカナル島を中心とするソロモン諸島周辺の制海権や制空権は、いまだ混沌とした状態が続いているのである。

(まあ、そうは言っても、そろそろこの海域の戦況にも決着をつけねばなるまい)

一〇日前、一航戦は無理な空襲を続けたあげく、夜間に敵水上艦隊に捕捉され、砲雷撃を見舞われるという失態を演じた。

幸い、『大鳳』『翔鳳』の空母二隻は損傷しながらも沈没することなく、命からがら生還したが、敵巡洋艦のものと思われる砲弾の直撃を受けて、南雲長官以下、一航艦司令部は一人残らず帰らなかった。

山口はそれと同じ轍を踏むつもりはなかった。

「攻撃隊に再度厳命を。『目的は敵戦闘機の掃討にある。余計な色気を出す必要はない』とな」

山口は制空権の確保に目標を絞っていた。なにもかも自分で背負い込む必要はない。制空権を獲得しさえすれば、爆撃は後でいくらでもできる。

また、地上施設の破壊や守備隊への打撃を目的としながら、敵艦隊の捕捉、撃滅も狙おうとすれば、必ずどこかでほころびが生じる。

戦力的には優位だったはずの一航戦が痛手を負ったのは、その二兎を追ったためだと、山口は理解していた。

制海権獲得のほうはイギリスの水上艦隊に任せればいい。また、その頭上の安全確保もイギリス空母に負ってもらえばいい。

イギリスの戦闘機は航続距離が極端に短く、渡洋戦闘には向かないが、空戦性能は優秀である。

適材適所が現状打破の鍵だと、山口は正しく判断できていたのである。

そのため、二航戦の空母『飛龍』『蒼龍』は搭載機の八割を戦闘機が占めるという、思いきった編成で臨んでいた。

さらに、第一次攻撃隊は戦闘機のみで実施するという徹底ぶりだった。

もちろん、これらは山口一人でできることではない。南雲長官に代わって新たに艦隊を指揮することになった小澤治三郎中将の全面的な支持があってのことだった。

航空に理解ある人が上に来てよかったと、山口は思う。

なんとなく聞こえてきたことだから、真実かどうかはわからないが、南雲長官の死後、軍令部総長嶋田繁太郎大将は別な人物を意中の人としていたらしい。それを人事権は海軍省の専権事項であるとして、海軍大臣山本五十六大将が小澤中将を推薦して押しきったらしい。

ソロモンでつまずいた軍令部と、人事刷新と政治的活動を活発化しはじめた海軍省という、海軍の主導権争いに変化が生じるのと同じくして、ソロモンの潮目は変わりはじめた。

三日後、イギリス軍はR級戦艦四隻という、まとまった火力を投入した。

アメリカ軍も戦艦を含む有力な艦隊をソロモン海域に送り込んだが、日本軍の空母艦載機に牽制されて、思うような行動はできなかった。

Ｒ級戦艦は旧式で鈍足だが、陸上の静止目標への砲撃という任務に限定すれば、一五インチ砲各八門計三二門の火力は充分である。

昼は日本の空母艦載機が、夜はイギリスの水上部隊が、という二四時間の攻撃サイクルを確立した日英軍によって、アメリカ軍は次第に追いつめられ、ソロモン諸島周辺の制空権、制海権は日英軍が奪回した。

補給を絶たれたガダルカナル島のアメリカ軍守備隊は、その後も抵抗の姿勢を見せていたが、一カ月と経たない間にやせ細り、白旗を掲げて投降したのだった。

第5章
大陸反攻

一九四三年四月七日　東京・霞が関

海軍中将草鹿任一は出頭命令を受けて、東京の海軍省を訪れていた。

一時泥沼に陥りつつあったソロモンの攻防戦に勝利したことを祝福するかのように、東京の桜は満開で国民の目を楽しませていた。

開戦以来、金剛型戦艦四隻からなる第三戦隊を率いて戦塵（せんじん）を浴びてきた草鹿だったが、昨年六月のハワイ作戦以後は海軍大学校の校長として、後進の指導にあたってきた。

その間にも戦況は刻々と変化し、内南洋や中部太平洋方面での対潜水艦戦やガダルカナル島を中心とするソロモン方面の消耗戦など、対米戦は一進一退の攻防を続けていた。

前線から遠い内地では、ややもすると戦時中である実感も薄れ、危機感も乏しくなるきらいもなくはなかったが、草鹿にとっては手塩にかけた部下や艦がどうなったかと、気にならない日は一日たりともなかった。

そうした状況から草鹿は公報だけでなく、独自の人脈やルートから情報を得つつ、事あるごとに前線復帰を願いでていたのである。

もちろん、人事というものは本人の意向で決まるものではない。

組織に属する者であれば、本人の希望よりも組織の都合が優先されるという事例のほうが、圧倒的に多いことも忘れてはならない。

そうしたなかでの出頭命令であり、草鹿にとっては期待と不安が交錯しての上京だった。

(ずいぶん顔色が悪いな)

海軍大臣山本五十六大将をひと目見ての、草鹿の感想だった。赤みが薄れた顔は、黄色というよりも褐色が強まった黄土色に近く、目元の皺や染みも目に見えて増えたような気がする。

「いきなり本題に入る前に、まず現況を再確認しておこうか」

山本は壁にかけられた太平洋方面の地図を流し見た。

海軍大臣室にいるのは、山本と草鹿の二人だけである。単純な話ではないと予想していた草鹿だったが、どうも機密事項も飛びだす密談の雰囲気が漂いはじめたと感じた。

「苦労はしたが、我々は同盟軍とともにソロモン諸島周辺の制海権と制空権を奪回した。これでマーシャルやラバウルへの脅威が当面排除できたわけだ。

我々は、オーストラリアの防衛を盤石なものとするために、イギリスが攻勢をかけたいと望むと考えていた。

敵が弱体化したところで、南太平洋からいっきに叩きだす。戦線は中部太平洋から北太平洋へと押しあがり、イギリス連邦を脅かす敵はいなくなるからだ。

しかし、イギリスはなぜか守勢に徹しようとした。開戦以来、どちらかといえば守りを重視する我々に対して、攻撃重視だったはずのイギリスがだ。その理由が、アフリカに行ってよくわかったよ」

山本は、そこで大きく息を吐いた。

「カサブランカの件は知っているな？」

「ええ。アフリカ戦線に勝利した地であり、安全と思われる場所で、同盟国イギリスと戦略的な意見交換を行うと」

「表向きはな」

「は？」

草鹿は小首をかしげた。

真剣味を増した顔で、山本が告げる。

「これから話すことは極秘中の極秘事項になる。一度聞いたら、後戻りはできない。最悪、身柄を確保されることにもなりかねない。いいか」

山本の言葉は重かった。

一語一語に迫力があり、事の重大性を感じさせるには充分だった。

しかし、草鹿が怯むはずもなかった。対米戦の厳しい場面をいくつもすり抜けてきた草鹿は、天地がひっくり返るほどのことがあっても動じないつもりでいた。

草鹿は即答した。

「無論です。この草鹿、なにを聞いても驚きはしません。煮て食われようが、焼いて食われようが、国に預けた身だと思っておりますので」

山本は草鹿の目を見つめた。

数秒後、その覚悟を見てとった山本は、軽く口端を吊りあげてから口を開いた。

「いいだろう。では続けようか。カサブランカの会議は実質的な首脳会談だったと言っていい。全地球規模の戦略的方向性を話しあうためのな」

「ということは、欧州のほうでも大きな動きが」

「うむ。それもちょっとやそっとではない」

草鹿の声に、山本は悪戯な笑みを見せた。

「カサブランカでは、スターリン書記長が一緒だったからな」

「ス、スターリン書記長と!?　今、そうおっしゃいましたか」

「そう。スターリン書記長だ」

「なんと」

　さすがに草鹿も驚きを隠せなかった。両眉を跳ねあげ、何度も目をしばたたいた。

　スターリン書記長というのは、言うまでもなくソビエト連邦の最高指導者である。

　イギリスとの戦略会議は、実はより大きな首脳会談であり、カサブランカの会議と思われていたカサブランカ会談であり、しかもそれは日英のトップ会談にとどまらず、日英ソの三国会談となっていたとは。

　ソ連は日本にとって、特に日本陸軍にとっては不倶戴天の敵と言っていい。

　現在でこそ、日ソ中立宣言の名の下で互いに平静を装ってはいるものの、二〇世紀初頭の日露戦争以来、四〇年間にわたって中国東北部で覇権争いを続けていた仇敵である。

　それを同盟に取り込もうというのは、それこそ天地がひっくり返るほどの驚きだった。

　山本は軽く言っていたが、この実現の裏には相当な駆けひきや交渉があったはずである。そのために奔走した結果が大臣の疲労に表れているのだろうと、草鹿は理解した。

「首相の考えも変わってきているからな」

　山本は小さく首を縦に振った。

「ソ連がどうこうというよりも、我が国が生き残るのが先決だからな」

(敵の敵は味方ということか)

　草鹿は東条英機首相の顔を思い浮かべた。

　特徴的な丸顔に丸い眼鏡、ひょうきんそうに見える一方で、いったん火がつくと鬼の剣幕で相手を追いつめる一面があるという。

　東条の決断は、自身が唱える大東亜共栄圏―

─欧米の支配から脱却した、（日本の主導による）アジア人のアジアのための共存共栄圏の実現のためという側面が強かったが、それは草鹿の知るところではない。

　そうした理由はともかく、ソ連が自分たちの陣営に入るという事実が重要だ。

「知ってのとおり、北アフリカ戦線はイギリスの勝利に終わり、東部戦線でもソ連の反攻を許すなど、ドイツは一時期の勢いを完全に失っている。この機会を逃さず、いっきにドイツを屈服させるというのが、カサブランカでの同意事項だ」

「むう」

　声にならないうなりをあげる草鹿に対して、山本は続けた。

「東西からドイツを追いつめる。ソ連が東から攻勢を強めたところで、フランス北西部に上陸作戦を敢行する。これが太平洋方面でイギリスが自重している大きな理由だったというわけだ。

　もちろん、出撃してくるドイツ海軍に引導を渡すのも忘れてはならない」

「大陸反攻ですか。我が軍にとっても、二正面作戦になりますね」

　草鹿は怪訝に表情を曇らせたが、山本の表情は違った。

「一時的にはな。ただ、軌道に乗せてしまえば、あとは我々にとって非常に好都合に事が運ぶ」

「一時的に……好都合？　もはや欧州ではイギリス海軍が不要になる。つまり、イギリス海軍の全力が太平洋に投入できるようになるということですか」

「察しが速いな」

　山本は疲れたなかにも笑みを見せた。

「そういう男だと見込んだからこそ、呼んだのだがな」

「はっ。それで、私になにをしろと」

「うむ。本題だ」

　山本の表情が変わった。草鹿も姿勢を正す。

「欧州に行ってもらいたい。艦隊を率いてな。大陸反攻作戦に我が軍も参陣する。任務は揚陸作戦の支援。制海権の獲得と敵沿岸兵力の排除だ」

　草鹿は生唾を飲み込んだ。その目を見て、山本は核心に触れた。

「一航艦は太平洋から引き抜けん。必然的に派遣するのは水上部隊となるが、『大和』を持っていってかまわん」

「『大和』を」

　そのひと言で草鹿の気持ちは固まった。

　はじめから、なにを言われても断るつもりなどなかったが、さらにやる気を駆りたてられたということだ。

　日本海軍が空母機動部隊の有効性を示したことで大艦巨砲主義は廃(すた)れたといっても、『大和』の存在感は抜群である。

　航空優位の時代に入ったとはいえ、『大和』は別格だ。『大和』ならなんでもできると考える海軍関係者は少なくなかった。

　運用さえ適切であれば、適した環境にさえあれば、『大和』は無類の強さを発揮するはずだと考える『大和』シンパである。

　日本海軍は、これまで『大和』の投入時期や投入方法を決めあぐねていた。持てあましてきたといってもいい。

『大和』の乗組員たちや『大和』を信じる者たちにとっては、切歯扼腕(せっしやくわん)する日々が続いていたが、それがようやく払拭(ふっしょく)できるときが来た。

　有力な雷撃機や急降下爆撃機のない欧州では、いまだに戦艦が海戦の雌雄を決する存在として君臨している。

そこは『大和』にとって、最高の舞台であるに違いない。

草鹿は砲術畑を歩んできた鉄砲屋である。航空の発展期に、同期の小澤治三郎から航空界への転身を勧められながらも、頑(かたく)なに初志貫徹を貫いてきた。

その自分が、世界最大最強といえる戦艦『大和』以下の艦隊を率いて、欧州に殴り込みをかける。

相手はドイツが誇る欧州最大のビスマルク級戦艦である。

草鹿は武者震いを感じた。

海の武人として、鉄砲屋として、これ以上の役まわりはあるまい。

男子の本懐、これに優るものなし。

草鹿の気持ちは早くも欧州に飛んでいた。

一九四三年四月九日　呉

欧州での大陸反攻作戦に派遣される艦隊は、遣欧艦隊と命名された。

その司令長官に決まった草鹿任一中将と同じく、新たな職場に身を躍らせる男がいた。

前重巡『鳥海』艦長早川幹夫大佐である。

「さすがだな」

天守閣を彷彿(ほうふつ)とさせる巨大な艦橋構造物を中心とした特徴的な艦容で、独特の存在感を放つ『鳥海』も良い艦だとは思ったが、やはり『大和』は次元の違う特別な存在だと、早川はあらためて感じていた。

前部二基の砲塔脇で傾斜した最上甲板——通称『大和坂』から見あげる艦橋構造物は丈高く、近代的なものだった。

振り返れば、錨甲板から旗竿へと延びる艦首は、水平線まで届くのではないかと錯覚させるほどの長さであり、実際に先端はかすむほど遠い。

　そして、なんといっても自身の脇に鎮座する主砲塔は、その大きさと重量感から圧倒的な威圧感に満ちていた。

　陸軍の戦車が何十台束（たば）になってかかろうが、びくともしないような主砲塔は、それひとつで堅固な要塞のようだった。

　さすがに世界のどこを見渡しても存在しない、唯一無二の大口径四六センチ砲身三本を収める砲塔といえる。

「まさか自分がな」

　戦功が認められたのだという嬉しさがある反面、『大和』艦長の辞令を受けて、水雷屋の自分が戦艦の艦長、しかも世界に冠たる『大和』の艦長とは意外だったというのが、早川の本音だった。

　しかし、早川の考えとは違って、海戦様式の急激な変化は人事面にも大きな影響をもたらしていた。

　航空時代に突入して、戦艦も例外なく機動性を要求されるようになり、それに適した水雷屋の戦艦への進出が目立ちはじめていたのである。

　砲戦そのものも、従来のどっしりとかまえて撃ちあうというものではなく、洋上をところ狭しと走りまわりながら、自分の優位な位置を占めて戦うというやり方に変わってきている。

　高速の航空機を相手にした対空戦はなおさらだ。

　そうしたことを考えると、操艦術に長（た）けた水雷屋が重宝されることになる。そこで上層部も、次期『大和』艦長にはぜひそうした人物をと候補者を探していたのである。

　そのなかで、ヌーメア沖海戦とオアフ島沖海戦で奮戦した早川が、最有力候補に躍りでた。少々の危険にも怯まず、決断力に富んで積極果敢な早川の行動は上層部にも伝わり、高く評価されたのだった。

こうして早川は『大和』艦長を拝命し、この場に両足を根ざそうとしていた。

戦う場はどこであろうとかまわない。

早川は自分のスタイルを変えずに、『大和』の持てる全力を引きだそうと意欲を燃やしていたのだった。

一九四三年六月一〇日　ノルウェー

ドイツ海軍の水上艦隊は、北欧のフィヨルドの中に閉じ込められていた。

ナチス・ドイツは欧州の大半を占領してはいたものの、本国周辺の制空権、制海権はイギリスに握られている。

常に爆撃機や敵艦の脅威に晒される状況では、本国にそれらの居場所はなかったのである。

Z計画の名の下に大拡張を夢見た艦隊も、計画そのものが開戦によって頓挫したことに加えて、一隻また一隻と失われ、今では総勢一〇隻ほどの小艦隊に落ちぶれている。

だが、ドイツ大海艦隊司令官エーリッヒ・バイ少将の目は、悲壮感を漂わせながらも死んではいなかった。

バイの手元には、欧州最大の戦艦であるビスマルク級の二番艦『ティルピッツ』と、主砲口径は二八センチと小さいものの、歴戦の乗組員に支えられる武勲艦――巡洋戦艦『シャルンホルスト』『グナイゼナウ』の二隻があった。

事実、イギリス軍もこの戦力を無視できないようで、特殊潜水艇による奇襲や空襲をたびたび仕掛けてきている。

自分たちから打ってでることが難しい状況に陥

っていることは理解しつつも、このまま手をこまねいていては北欧の果てで静かに無力化されて終わってしまう。

たとえ十中八九全滅の危険性がありながらも、まだ戦えるうちに敵に一矢を報いたいと、バイは考えていた。

そんななかで、願ってもない情報が飛び込んできた。

日本の有力な艦隊が喜望峰を超えて大西洋に入り、イギリス艦隊と合流したというのである。

吹雪による視界不良や低気圧に伴う波浪といった冬の悪天候も去り、季節的に海も空も安定してきている。

本国の総司令部はこれを敵の本格的な反攻作戦の前ぶれと考え、大海艦隊に全力で阻止するよう命じてきた。

具体的な作戦案などない。というよりも、立てられないのだ。彼我の戦力差は歴然としており、いざ海戦となっても歯が立たないであろうことは、火を見るより明らかだからだ。

しかし、バイはそこで腰を引くような男ではなかった。

第一次大戦時と違って、バイの時代は英独の海軍力は絶望的なまでに開いていた。

世界の頂点を争ったカイゼリッシェ・フロッテ(皇帝の艦隊)は過去の栄光であり、バイらドイツ海軍将兵は常日頃から圧倒的に優勢なイギリス海軍に見下されて生きてきた。

強大な艦隊を見せつけられ、その影に怯えながら逃げかくれしてきたような思いすらある。

その屈辱を最後に晴らす。たとえ自分たちが失われるにしても、一隻でも多くの敵艦と一人でも多くの敵兵を道連れにしてやる。

それがドイツ第三帝国に生きる自分の役割な

のだと、バイは覚悟を決めていたのだった。

一九四三年六月一三日　ブレスト

巨弾が分厚いコンクリートをぶち抜いた。鈍い音とともに砂塵が舞いあがり、瓦解した天井がトン単位の破片となって内にあるものにぶち当たる。

「命中です。内部に爆発のものと思われる光を確認」

「初弾命中か。まあ、当然といえば当然かな」

日本海軍遣欧艦隊司令長官草鹿任一中将は、猿の腰かけと呼ばれる長官専用の小さな椅子に座りながら、両腕を組んで戦況を見つめていた。

草鹿の表情に暗さや硬さはなかった。こんなことは朝飯前だという軽い表情だったのである。

「第二射弾着。命中です」

沖合からは内部の様子をうかがい知ることはできないが、隠されていたUボートは今ごろ爆発の炎にあぶられたり、巨大なコンクリート片に艦体を潰されたりして、ことごとく傷ついているはずだ。

Uボートの脅威は、これで大幅に減殺される。

フランス海軍の要港として栄えてきた、フランス西部のここブレストは、ドイツに占領されて以降、ドイツ海軍の大西洋への出口として活用されるようになった。

特にドイツ海軍はUボートによる通商破壊戦を重視していたため、ブンカーと呼ばれるコンクリート造りの堅固な整備、格納施設を建設したのだった。

Uボートの跳梁(ちょうりょう)に悩まされたイギリスは、爆撃機を繰りだして何度もこのブレスト・ブンカーの破壊を試みたが、地下要塞にも似た鉄壁の防御を崩せず、Uボートの活動を封じることはできなかった。

ブレスト・ブンカーはその強固な構造だけではなく、規模の面でも本国の施設を上まわるほどであり、ドイツのUボート戦の象徴的存在と言ってもよかった。

それが、ついに息の根を止められようとしている。

航空機が投下した数々の爆弾に耐えてきたブンカーだったが、口径四六センチ、重量一・五トンを誇る巨弾の貫通力に抗(あらが)うことはできなかった。

遣欧艦隊旗艦『大和』は三度めの斉射を放った。二万メートルほどの距離をひと飛びして、全長二メートルほどの巨弾九発が、再びブンカーに突き刺さる。

反撃はない。『大和』はただ淡々と砲撃を続けた。イギリス軍が長い間、執拗(しつよう)に攻撃しながらも落とせなかった目標を、『大和』はいとも簡単に破壊してみせたのである。

これだけでも、『大和』の存在意義と欧州における価値は示されたと言える。

「そこそこにしておけよ。まだ次があるからな。まあ、肝心なときに砲弾が足りなくなったら、代わってくれと言うしかないが」

草鹿はうそぶいた。その後ろ姿に、『大和』艦長早川幹夫大佐は頼もしさを覚えていた。

この地球の反対側にある遠い欧州の海まで来て、かつ史上最大の作戦といえる大陸反攻作戦――ナチス・ドイツに占領されている欧州大陸への上陸作戦の一翼を担うという大役にありながらも、草鹿長官は平常心を保っている。

気負いや迷い、不安といった負の要素は微塵も感じさせない。

ヌーメア沖でもオアフ島沖でも瞠目(どうもく)させられる

戦いぶりで、いつかはあの人の下で働いてみたいと思っていたが、それがこのような重要な場面で実現したことに、早川は軍人としての喜びを感じていた。

これでイギリス南部に集結している多数の輸送船と護衛艦艇は、大挙して出港することになるだろう。

史上最大の作戦を前に腕をさすっていた将兵が、海を越えて大陸になだれ込むのである。

「イギリス本国艦隊司令部より入電。『籠を出た鳥は西に向かった』、繰りかえします。『籠を出た鳥は西へ』」

「思ったとおりですな。鳥などと生やさしい相手ではありませんが」

「うむ」

早川の言葉に草鹿はうなずいた。

「鳥」というのはドイツ大海艦隊を示す。「籠」たるノルウェーのフィヨルドを出たドイツ大海艦隊は、北海を南下せずに西へ向かっているというのだ。

ポーツマスをはじめとするイギリス南部の港を出港した大船団は、フランス西岸のノルマンディーに向かう。

だが、遣欧艦隊の行き先は違った。

「北に向かう」

草鹿は短く言いきった。

イギリスを中心とする連合軍の大陸反攻作戦を察知したドイツ大海艦隊は、ついに動きだした。

それは北海を南下してドーバー海峡に向かう航路ではなく、アイスランド南方を通過して大西洋を南下し、フランス沖へと大きく迂回する航路を選んだ。

当然ながら、横合いや背後を衝かれれば、ノルマンディーへの上陸作戦は頓挫する。

日本海軍遣欧艦隊はイギリス本国艦隊とともに、迫りくるドイツ大海艦隊の邀撃に向かった。

世界最強戦艦の称号を賭けた『大和』と『ティルピッツ』の砲戦は、いよいよ秒読みとなったのだった。

一九四三年六月一五日　アイルランド西方沖

ドイツ大海艦隊が会敵したのは、六月一五日早朝、西経一四度、北緯五一度、アイルランド南端のミゼン岬から西南西に三〇〇海里の大西洋上だった。

「ラダールに反応あり！」

報告の瞬間、「来たか」とばかりに司令官エーリッヒ・バイ少将は顔を上げた。

「反応二、いや三……増大中。反応、きわめて大きい」

海上は朝もやで見通しが悪かったが、『ティルピッツ』に装備されたＦｕＭＯ23対水上ラダール、すなわちイギリス式にいうレーダーが、光学的な阻害要因をものともせずに、前方の物体を感知したのである。

この海域に複数の味方艦がいる可能性はない。反射波の大きさから、発見された目標は大型艦、それも戦艦クラスの艦である可能性が高い。

これは一〇〇パーセント敵であると見ていい。

「総員、戦闘配置！　砲戦に備え」

「総員、配置につけ！　砲戦用意」

バイに続いて、旗艦『ティルピッツ』艦長ハンス・マイヤー大佐が下令する。規律を重んじるドイツ人らしく、乗組員の動きは整然として素早い。

「駆逐艦はこのまま帯同し、接近する敵中小艦艇に備えよ」

バイの手元には、ビスマルク級戦艦『ティルピッツ』、シャルンホルスト級巡洋戦艦『シャルンホルスト』『グナイゼナウ』、アドミラル・ヒッパー級重巡『プリンツ・オイゲン』のほか、五隻の駆逐艦があった。

日本海軍であれば、戦艦の砲撃に先がけて、駆逐艦は敵水雷艦艇の排除と砲戦の支援を目的とする敵戦艦への雷撃のため、まっさきに突撃するのが常道だが、あえてバイは待機を命じた。

数の上での劣勢はわかりきっているため、分離すれば敵に各個撃破を許すだけとの判断からである。

それであれば戦艦にぴったりと付き添って、接近する敵を一隻一隻、戦艦の副砲らとともに撃退するほうが得策である。

「戦艦と思われる敵大型艦は四隻。面舵に回頭します」

「慌てることはない。取舵三〇度。艦隊針路二一〇」

バイはすぐさま命じた。

「頭を押さえにかかったつもりだろうが、そうはいかんぞ。我々と敵では目的が違うからな」

バイの口元が微笑に震えた。

敵艦隊の目的は、自分たちドイツ艦隊の捕捉撃滅にある。だから、針路に立ちふさがるように逆T字を描いて集中砲火を浴びせようと画策している。

砲戦が目的であれば、ここは取舵を切って同航戦に持ち込むのが普通だが、バイは正反対の指示を出した。

これは、ドイツ艦隊の目的が敵艦隊の撃滅ではなく、この海域を突破してフランス西岸に突入するのが目的だからである。

反航戦になれば敵を討ちもらす確率も高まるが、当然、敵を振りきるには有利となる。

それになにより、ドイツ艦隊は三〇ノット近い高速艦艇で固めてあった。

絶対的な戦力では劣勢かもしれないが、突破できる可能性はあると、バイは見ていた。

「『シャルンホルスト』『グナイゼナウ』、目標敵一番艦、砲撃始め」

バイは『ティルピッツ』に先がけて、巡洋戦艦二隻に砲撃開始を命じた。

シャルンホルスト級巡洋戦艦の主砲は、口径こそ二八センチと小さいが、五四・五口径の長砲身砲によって、最大四万九〇〇〇メートルの彼方に砲弾を送り込むことができる。

この四〇センチクラスの砲をもしのぐ射程で機先を制するだけではなく、バイの真の狙いは別にあった。

しばらくして背中を砲声が圧迫しはじめた。

『シャルンホルスト』『グナイゼナウ』の二隻が、重量三三六キログラムの徹甲弾を初速八九〇メートル毎秒の高速で叩きだしはじめた結果だ。

旗艦『ティルピッツ』の主砲は沈黙している。

長方形の砲塔に二本ずつ収められた三八センチ砲計八門は風を切りつつ、飛沫を浴びているだけである。

「敵艦隊、取舵に転舵。針路〇八〇から〇二〇……三六〇」

今度は見張員から報告があった。

朝もやの中に見え隠れする敵艦隊は、自分たちを追うために大回頭に転じた。

予想どおりの動きだ。

（問題は、あとふたつだな）

バイは胸中でつぶやいた。

右舷に遠ざかりつつあった敵が、再び視界内に食い込むように進んでくる。

『シャルンホルスト』『グナイゼナウ』も一時、

測的をやり直して砲撃を中止するが、その間にもドイツ艦隊は三〇ノット弱の高速を保って白波を蹴立てている。

「敵戦艦の艦種、敵艦隊の速力、わかるか？」

敵が回頭を終えて直進に入ったところを見はからって、バイは報告を求めた。

「敵二番艦以下は不明なるも、一番艦はキングジョージV世級と思われます」

「敵艦隊の速力、およそ二〇ノット」

「よし」

思惑どおりの報告に、バイはほくそ笑んだ。

敵戦艦の二番艦以下はまだ判然としないというが、速力からいって旧式戦艦が含まれているのは明らかである。

四隻の戦艦すべてが最新のキングジョージV世級戦艦であれば厄介だと思ったが、恐らく敵はネルソン級あたりの戦艦を連れている可能性が高い。

仮にネルソン級だとすれば、火力は一六インチ砲九門と強力だが、速力は最大でも二三ノットと鈍足だ。その火力を発揮させる前に振りきれる。

敵との距離は一時的に詰まっても、並走に入ってしまえば、あとは置きざりにするだけだ。

「『シャルンホルスト』『グナイゼナウ』、砲撃再開しました」

「敵一番艦、発砲！」

「敵二番艦にも発砲炎！」

敵も一方的に撃たれる状況に業を煮やして、砲門を開いてきた。

しばらくして砲声が海面を渡って届く。

さすがに、それで砲の大きさを推測することはできないが、光学的観測を続ける見張員は艦容から新たに敵艦を割りだした。

「敵二番艦はキングジョージV世級戦艦と思われる」

バイとマイヤーも自ら双眼鏡を手にした。

前部に雛壇（ひなだん）式に並んでいる主砲塔と司令塔が、一体となった構造物を思わせる。

たしかに、R級や『リパルス』などとは違う。

（さて、問題は敵がどう狙ったかだが）

敵弾は大気を引き裂いて甲高い音を轟かせるが、『ティルピッツ』の司令塔にいる限り、それが真上から迫る気はしない。

「『オイゲン』より入電。『我、砲撃を受く』。敵一番、二番艦は『オイゲン』を目標とした模様です」

「そうか！」

この瞬間、バイは己（おのれ）が賭けに勝ったことを知った。勝利を確信したと言ってもいい。

バイは艦隊の航行序列にも罠を仕掛けていた。

砲戦にあたって、普通ならば旗艦を先頭に単縦陣を敷くところだが、バイは単縦陣を形成しながらも、先頭に囮（おとり）役として重巡『プリンツ・オイゲン』を配していた。

重巡以上のドイツ艦艇は、クリッパー形の艦首や十字の艦橋構造物、細いメインマストと、類似した艦影を有している。

さらに、『ティルピッツ』は舷側に艦首波を描く迷彩塗装まで施して、敵の目をくらまそうと努めていた。

また、あえて『シャルンホルスト』『グナイゼナウ』の二隻だけに砲撃開始を命じて、『ティルピッツ』と『プリンツ・オイゲン』に待てと命じていたのも、発砲炎や弾着の水柱の規模から艦種を悟らせまいとする策略だった。

最強の敵を最初に叩くという集団戦のセオリーから、敵が重巡とわかって砲撃したとは考えにくい。

ラダールの反応をよく分析すればわかりそうなものだが、敵は旗艦先頭という先入観もあって、

『プリンツ・オイゲン』を『ティルピッツ』と見誤って砲撃を始めたのだろう。

朝もやで視界が不十分だったことも、自分たちに味方したこともたしかだ。

「『オイゲン』に蛇行して回避するよう命令を」

「はっ、『蛇行して回避せよ』。『オイゲン』に命じます」

首席参謀パウル・アッシャー中佐が復唱した。

敵一番、二番艦は第二射、第三射を放つ。

第二射の弾着には間にあわなかったが、第三射が弾着する前に、『プリンツ・オイゲン』は不規則な蛇行に入った。

敵弾が噴きあげる水柱は、まったく近づく気配がない。もっとも近いものでも一〇〇〇メートルは離れている。

敵の三番、四番艦が砲撃に加わるが、結果は同じである。敵の大口径砲弾は、いずれも見当外れの海面を抉る結果に終わっている。

敵戦艦の砲声は、あたかも敵の将兵が苛立ちのあまりあげた声のように聞こえた。

「敵戦艦の針路、二一〇。本艦隊と並走に入りました」

「司令官」

「うむ」

アッシャーの視線にバイは力強くうなずいた。

「これを待っていた」という表情だった。

敵は回頭してこちらに近づいていたが、並走に入れば、あとは優速な自分たちが先に行くだけだ。つまり、現在彼我の距離は最短であり、あとは開く一方になる。

これまで我慢させてきたが、ついに撃ち時がきた。

彼我の距離は二万メートルほどに詰まっていた。

『プリンツ・オイゲン』に囮役を演じさせながら、

『ティルピッツ』は充分敵を引きつけていた。

「目標は敵二番艦だ。いいな」

「心得ております」

「よし」

「フォイア！」

マイヤーの号令一下、ついに欧州最大の戦艦『ティルピッツ』が轟然たる砲声を吐きだした。

長年の歴史ではぐくまれた冶金技術がもたらす高精度、高強度のクルップ製砲身が、重量八〇〇キログラムの三八センチ徹甲弾を叩きだす。

四七口径という長砲身砲による高初速の射撃は、ワンランク上の破壊力をもたらす。

猛煙が朝の空気を焼き、爆風が艦上を駆けぬける。二九ノットの高速で洋上の荒波を蹴散らしながら、主砲を放つ姿は圧巻だった。

大型駆逐艦二〇余隻分にも相当する基準排水量四万二九〇〇トンの巨体は、しっかりと発砲の反動を受けとめる。

それでいて、前方に突きだしたクリッパー形の艦首は、凌波性よく海面を切り裂いている。

上から見れば、木の葉形をした艦体形状と合わせ、流体力学的に優れたデザインといえる。

砲口からどす黒い爆煙が前方に朦々と広がるが、高速力がもたらす合成風がすぐにそれらを押しながす。

「弾着、今！」

そのとき、バイもアッシャーもマイヤーも、そして『ティルピッツ』に乗り組む多くの将兵が、目を見張った。

海上にひと筋の閃光が走ったかと思うと、次の瞬間、目標の敵二番艦は文字どおり消失した。

特徴的な箱型の艦橋構造物や直立した煙突、四連装と連装が組み合わされた主砲塔らは、きれいさっぱりなくなったのだ。

火炎も褐色の煙も、そこにはなかった。

木っ端微塵に砕け散った敵二番艦は、無数の細かな破片となって、海上に散らばったのである。

あまりに一瞬のことで、しばし唖然とした見張員が我に返って報告する。

「敵キングジョージV世級戦艦、轟沈」

『ティルピッツ』の司令塔は拍手喝采に沸いた。

なにが起こったのかは明らかだった。

『ティルピッツ』が放った三八センチ徹甲弾が、敵の主砲弾薬庫に到達し、装薬の誘爆を引き起こしたのである。

敵二番艦は自らの装薬によって大爆発を起こし、粉々に散華したのだ。

「さすが、我が戦艦だ」

「砲員の腕も、トミー（イギリス兵）なんかには負けはせん」

バイも驚き半分にうなった。

高品質な材料や精緻に組みたてられた砲とその関連機構が、安定した狙いどおりの弾道をもたらした。

鍛えあげた砲員の技量の高さも、言うまでもない。それに加えて、命中率の高さをもたらす近距離での低い弾道の射撃と、さまざまな要素が結びついたとはいえ、初弾命中はできすぎだった。

しかも、それはいきなり目標の急所を射抜き、一発轟沈というこれ以上ない戦果を導いたのである。

「敵一番艦に火災の炎を確認」

『シャルンホルスト』『グナイゼナウ』も、ようやく命中弾を得たらしい。

あとは二隻合計一八門の集中射撃で、敵艦の体力を削りとっていくだけだ。

二八センチ砲の威力では、新型のキングジョージV世級戦艦を派手に撃沈することはできないかもしれないが、繰りかえし命中弾を送り込みつづければ、戦闘不能あるいは航行不能に陥らせることは、充分可能なはずである。

「目標を敵三番艦に変更！」

　バイは命じた。

『ティルピッツ』の四七口径三八センチメートルSKC34砲が後ろ向きに旋回し、わずかに仰角を上げる。

　しかし、バイは敵三番、四番艦の撃沈にこだわるつもりはなかった。

　もちろん、撃沈できれば最高だが、敵がこちらに有効な打撃を与えられないよう弱らせたり、照準を狂わせたりと、妨害の意味合いだけで構わないと考えていた。

　敵戦艦の速力は二〇ノットそこそこにすぎない。それに対して、自分たちは三〇ノット近い快速で驀進（ばくしん）しており、すぐにでも引き離せる。時間さえ経てば、黙っていても敵の脅威はなくなるのである。

　バイは声を出して笑った。

　はじめは小さく漏れる程度だった笑い声は次第に大きくなり、しまいには『ティルピッツ』の司令塔に響くほどへと高まった。

『ティルピッツ』『シャルンホルスト』『グナイゼナウ』のドイツ戦艦三隻は、重巡一隻と五隻の駆逐艦を率いながら、無傷で南下を続けた。

　炎と煙に包まれるイギリス戦艦は、視界の隅に小さくなり、やがて消えていくだけだった。

一九四三年六月一五日　アイルランド南西沖

　戦艦『大和』と『金剛』『比叡』『榛名』『霧島』の金剛型戦艦四隻を中心とする日本海軍遣欧艦隊は、アイルランドの南南西五〇〇海里の大西洋上を北上していた。

「イギリス海軍総司令部から通信です」

「総司令部から？」

司令長官草鹿任一中将が訝しげに振りむいた。

「これは……」

電文に目をとおした通信参謀十川潔少佐が、硬直して立ちすくむ。

「なにかの間違いでは」

それでだいたい内容の察しがついた。草鹿は先を促した。

「読め」

「はっ」

十川がこわばった表情で口にする。

「本日〇六一〇、我が本国艦隊はアイルランド西方沖でドイツ艦隊と交戦。戦艦『アンソン』沈没、『キングジョージV世』大破。『ネルソン』『ロドニー』は健在なるも、ドイツ艦隊は南下中」


「功を焦りましたな」

『大和』艦長早川幹夫大佐が、呆れ半分に吐き捨てた。

本来の作戦案は、イギリス本国艦隊と遣欧艦隊とが合同でドイツ艦隊を迎えうち、イギリス海峡への突入を阻むというものだった。

それがいざドイツ艦隊接近の報が入った途端、イギリス本国艦隊はさっさと単独で北上し、砲戦を始めてしまったのである。

そのあげくに撃破されたとあっては……。

「開いた口が塞がらないとはこのことだ」とでも言いたげな早川の表情だった。

「『ネルソン』『ロドニー』は低速なために振りきられた、か」

草鹿は友軍戦艦二隻の仕様を記憶の棚から引きだした。

『ネルソン』『ロドニー』の二隻は、『長門』『陸奥』

に匹敵する世界のビッグ・セブンを構成していた戦艦である。

ワシントン軍縮条約締結の結果、イギリス海軍に建造が許された一六インチ砲搭載戦艦であり、前部に三連装主砲塔三基を集中配置した艦容が特異だった。

しかしながら、条約で定められた排水量制限を守るため機関にしわ寄せがいって、最大速力は二三ノットと低速だったはずだ。

イギリス海軍で唯一搭載した一六インチ砲の火力は魅力だったが、その鈍足ゆえに今回は役に立たなかったようだ。

幸い、遣欧艦隊の速力は『大和』の二七ノットが最低であり、砲戦もそこそこに置き去りにされるということは考えにくい。

「イギリス海軍総司令部は、ドイツ艦隊の捕捉撃滅を求めています」

「言われるまでもない」

草鹿は一度天を仰ぎ、ついで参謀たちを見まわした。

「接近中のドイツ艦隊を叩く。皇国の興廃、まさにこの一戦にあり。必勝、不退転の覚悟で臨むべし」

「はっ！」

参謀たちが、いっせいに敬礼の姿勢をとった。

はるばる地球の裏側にまで来た目的がここにある。言うまでもないが、ドイツ艦隊にイギリス海峡への突入を許せば、日英仏連合軍の大陸反攻作戦は破綻する。

上陸した将兵は孤立し、あっという間にドイツ軍に殲滅されるだろう。フランス西岸に届けられるべき大量の火砲や車両、膨大な量の補給物資は無為に海中に失われる。

次に同規模の作戦を実行するには、年単位の時間が必要となるかもしれない。

当然、その間に敵はさらに防備を固めるに違いない。上陸防止の防護柵や鉄条網、強力な沿岸砲の設置に、二重三重に張りめぐらされた機関銃座が、海からの侵入に鉄壁の防護壁となるかもしれない。

今回を逃せば、下手をすれば揚陸作戦の機会は永遠に失われ、欧州は未来永劫ナチス・ドイツのものとなるかもしれない。

そうなれば、イギリス海軍は太平洋への増援どころではなくなる。

それどころか、一時遠のいていたドイツ軍のドーバー海峡突破とイギリス本土への侵攻が再燃するかもしれない。

最悪のシナリオは、イギリスの降伏だ。

そうなれば、太平洋戦線では事実上、日本が単独で戦うことを余儀なくされる。

もちこたえられるはずがない。

すなわち、この戦いは欧州戦線を左右する分水嶺であるばかりでなく、太平洋戦線の鍵ともなる重い、重い戦いなのである。

奮いたたないほうがおかしいだろう。

ある者は興奮に顔を赤らめ、またある者は双眸に闘魂の光をみなぎらせていた。

「水偵を出します」

「よし、出し惜しみするな。万が一にもすれ違ってしまったなどとは許されんぞ」

首席参謀今村了之助中佐の報告に、草鹿は念を押した。

『大和』をはじめとする各戦艦から、零式三座水上偵察機が射出された。

一機あたり三人の目が、ドイツ艦隊を追う。

長い戦史の中でも初となる日本とドイツの艦隊決戦は、もうすぐそこまで迫っていた。

エーリッヒ・バイ少将率いるドイツ大海艦隊は、南南東に針路を変えてフランス西岸を目指していた。

「情報どおり、日本艦隊は空母を伴っていなかったようです」

首席参謀パウル・アッシャー中佐は視線を跳ねあげた。

日本軍のものと思われる偵察機の触接を受けているが、艦載機が殺到してくる気配はない。

日本軍の空母艦載機は非常に強力であり、搭乗員の練度も高いと聞いていたが、その招かれざる客はどうやら欧州には進出してこなかったらしい。

「砲撃戦ならば、存分に戦ってみせます」

旗艦『ティルピッツ』艦長ハンス・マイヤー大佐が、不敵にほほ笑んだ。

先にイギリス海軍の誇るキングジョージV世級戦艦を撃沈し、イギリス艦隊の防御網を突破したことは、マイヤーにとって大きな自信となっていた。

空母がいなくても、日本艦隊が強大な敵であることに変わりはないが、乗組員の士気は極限まで高まっており、実力以上のものが出せるのではないかと期待させた。

日本艦隊も必ず撃破できる。自分たちはフランス沖に達して、上陸作戦中の敵を蹴散らし、大陸を奪いかえそうという敵の野望を頓挫させることができる。

そんな空気が『ティルピッツ』の艦内を満たしていた。

艦隊の航行序列は、重巡『プリンツ・オイゲン』を先頭に置く変則的なものから、『ティルピッツ』を先頭に『シャルンホルスト』『グナイゼナウ』『プリンツ・オイゲン』へと続く正規のものへと戻していた。

日本艦隊もイギリス軍から情報を得ているはずで、同じ手は通用しないだろうとの判断からだ。

「正面からの撃ちあいになるかもしれんが、とにかく死力を尽くして勝利をつかもうじゃないか」

（どのみち、我々には進むしか道は用意されていないのだから）

バイは自分の立場が、勝利か死か、どちらかしかないことを理解していた。

たとえ明らかな劣勢だとわかっていたにしても、戦わずして戦場を離脱することなど許されない。良くても抗命罪で牢獄行き、悪ければ敵前逃亡で銃殺刑という哀れな結末すらありうる。

さらに、戦った末に敗北して帰国というのも、悲惨な末路が待つだけだ。

総統閣下は敗者に繰りかえし機会を与えるほど、寛容な方ではない。敗者は徹底的に糾弾され、臆病者や愚か者との汚名をきせられ、追放同然に軍を追われるしかないからである。

ドイツ軍人に求められるのは勝利のみ。それが、ナチス・ドイツの実態なのだ。

しかし、バイに悔いはなかった。

本国に残した妻や子供たちのことは気がかりだったが、少なくとも軍人としてはすっきりとした気持ちだった。

長年の怨敵イギリスの艦隊を撃破したのは痛快のひと言だったし、こうしてドイツ海軍の主力たる艦隊を率いていること自体も、大変な名誉であることに間違いはない。

また、ノルウェーを出たときよりも状況は好転している。

出撃時は圧倒的な戦力差に、どこまで抵抗できるか、どれだけの敵を道連れにできるか、という発想でしか物事を考えられなかったが、今は違う。

敵の内部もあれこれ問題があるのだろう。

なぜか、日英は足並みを乱して現れたために、自分たちはまずイギリス艦隊を撃破し、別個に日本艦隊と戦うという好都合な状況を得ることができた。

日本艦隊の実力は侮れないが、ひょっとしたらひょっとする。つまり、奇跡の作戦成功の可能性も見えてきたのではないかと、バイは一縷の望みを見出しはじめていた。


日独の艦隊が互いに相手を捉えたのは、日没後のことだった。

昼の光は失われ、海上にはわずかに淡い月明かりが射すだけである。

しかし、夜陰に紛れてといく時代ではない。電波の目とでもいうべき電波探信儀は、暗闇の中でもはっきりと敵の存在を知らせていた。

「敵艦らしき反応あり!」

電測員の報告が張りつめた空気を引き裂いた。

敵を発見したのは、練達の見張員による肉眼ではなく、物体にあたって跳ねかえった電波を見る機械の目だった。

光学的手段と違って、電波は昼夜、光の有無による影響は受けない。

「総員、戦闘配置。夜戦に備え。砲雷同時戦用意」

日本海軍遣欧艦隊司令長官草鹿任一中将は、確信を持って命じた。

旗艦『大和』艦内も、いっきに慌ただしさを増す。各乗組員がラッタルを駆けあがり、甲板を行きかって、滑り込むようにして持ち場につく。

高角砲や機銃は砲身、銃身を上下動させて、動作に異常がないことを確認する。

電測員の報告は、夕刻まで触接してきた偵察機の報告とも一致する。現れた艦は、イギリス本国艦隊を退けてきたドイツ艦に違いない。

タイミングよく星弾が弾ける。草鹿の考えを裏づけるように、青白い光の下であらわになった艦容は、ドイツの大型艦特有のものだった。

正面から見て、十字に見える艦橋構造物と、その前面に取りつけられた一基の大型探照灯、背負い式に設けられた前部二基の主砲塔、細長いメインマスト——日本のものでもイギリスのものでもない、ドイツ艦に固有のものだった。

「二水戦を突撃させましょう。あえて護衛に貼りつかせておくという手段もありますが、先手必勝です。雷撃で敵戦艦を牽制できますし、うまくいけばそのまま仕留められる可能性もあります」

「いいだろう。突撃だ」

「二水戦、突撃せよ！」

草鹿の承諾を得て、首席参謀今村了之助中佐が命じた。

少々の危険を顧みない積極性が持ち味の草鹿にとっては、たとえ護衛のためとはいえ、艦を遊ばせておくという消極策は頭になかった。

命令を受けるや否や、第二水雷戦隊の各艦が次々と面舵を切って駆けだす。

統制のとれた動きは、豊富な訓練でしか生みだすことのできない、男たちの結晶である。

草鹿の手元には旗艦『大和』のほか、第三戦隊の金剛型戦艦四隻と、軽巡『能代』に率いられた駆逐艦一二隻からなる二水戦があった。

艦隊のバランスを考えれば、ほかに巡洋艦一個戦隊程度があれば理想だったが、日本海軍の主戦場が太平洋戦線である以上、これが出せる精一杯の戦力だった。

太平洋戦線の敵であるアメリカ海軍に比べれば、欧州戦線の敵であるドイツ海軍は戦力的にはるかに劣る敵であるという事情もある。

「左舷前方に敵一番艦。その後方に二番、三番艦を確認。敵艦隊の針路一六〇」

「艦隊針路二〇」

「二〇でありますか」

「そうだ。二〇だ。速力は第三戦速を維持せよ。ただ、発動は少し待て。俺に考えがある」

確認を求めた今村だったが、即断した草鹿に迷いはなかった。

現在、遣欧艦隊の本隊たる戦艦五隻は、南南東に向かう敵を右舷前方に見ながら、西北西に向かっている。

速力を調整すれば、このままの針路でも敵の頭を押さえられる位置関係のはずだが、あえて草鹿はほぼ直角に変針して敵にあたるという。

じっくりと腰を据えて砲撃に入ったほうがいいのではないかと考える今村だったが、草鹿の指示を論破する根拠がない以上、それを口に出すことはできなかった。

参謀の職務は、指揮官に有用な情報と的確な助言を提供することであり、意見を闘わせることではない。

しばらくすると『大和』は面舵を切って、艦首を大きく右に振った。

その航跡をなぞるようにして『金剛』『比叡』らが続く。単縦陣を形成した五隻の戦艦は、逆向きに敵の針路を横切る航路に入った。

「敵一番艦との距離、三、〇、〇（三万メートル）……二、八、〇！」

「敵も我慢しますな」

「思った以上に、強敵かもしれんな。さすがにイギリス艦隊を退けてきただけのことはある」

『大和』艦長早川幹夫大佐と草鹿は、直進してくる敵一番艦を凝視した。

未知の敵を前にして、かつ不利な態勢にありながらも敵に動きはない。

　敵は不気味に直進しつづけ、また砲口に発砲炎が閃くこともない。早めに動く自分たちを目にしたら、慌てふためいて発砲したり、変針したりしてもおかしくないところだったのだが。

「強引にこのまま中央突破を狙ってくるならば、集中砲火を浴びせるだけです」

（たしかに、そうだが）

　今村の言葉に草鹿は納得しつつも、そうはならないだろうと思っていた。

　どこかで敵は動く。それは……。

「距離、二（ふた）、七（なな）、〇（まる）！」

「敵一番艦、面舵に転舵。二番艦も続きます！」

「よしっ！　右回頭。本艦を起点に逐次回頭。発動、今。同航戦に入る。右砲戦用意」

　立てつづけの報告に、草鹿は「これを待っていた」とばかりに命じた。

「旗艦を先頭に逐次回頭。第三戦隊に命じます」

「面舵一杯。反転する！」

　今村、早坂が続く。

　左舷前方に見えていた敵が後ろ寄りに逸れ、やがて視界外に消える。それが回頭とともに今度は右舷後方に現れ、次第に前寄りに移動する。

「敵艦隊、取舵に転舵！」

「うっ」

　声にならないうめきが、どこからともなく漏れた。

　遣欧艦隊の戦艦群が回頭している間に、敵はすぐ次の手を打ってきた。

　戦いは明らかに佳境に向かって加速していた。

　展開は早まり、敵もここが勝負どころと睨んで、早め早めに動いてくる。

　自然に脈が速まり、男たちの熱気に室温が二、三度高まったように感じられた。

「慌てることはない。想定内の動きだ。これを前提に、こちらも動いていた」

参謀たちが誰彼となく顔を見合わせるなか、草鹿は前を向いたまま口元を緩めていた。

草鹿が北北西に大回頭を命じたときから、一連のシナリオは動きだしていた。

西北西に針路をとったままでも、砲戦の理想とされるT字は描ける。

敵は当然、一番艦に集中砲火を浴びたくないので変針する。その針路が問題だった。

この状況で敵が取舵を切れば、東へ向かいながらの反航戦となる。これは敵にとって、理想の態勢である。適当に遣欧艦隊をあしらいつつ、目的地であるフランス西岸に向かって突進していくことができるからだ。

敵の目的は遣欧艦隊の撃滅ではなく、フランス西岸沖に達して、日英仏連合軍の上陸作戦を頓挫させることにある。であれば、叩きあいになる同航戦は避けたいのが敵の本音である、
そこで草鹿は、あらかじめその対策を講じた。草鹿が真方位二〇度という北北東に針路をとるよう命じたことで、敵がそれを反航戦でかわそうとすると、針路は目的地と逆に西寄りとなってしまう。

敵はいずれ東に針路を修正せざるをえない。そこで同航戦に持ち込めるはずというのが、草鹿の狙いだったのである。

だが、懸念材料がないではない。

艦型の違いもあるだろうが、旋回性能は敵が上のようだった。

明らかに自分たちよりも短い時間で回頭を終え、直進に移行している。

「速いな」

草鹿はつぶやいた。

敵艦の艦首に立つ白波は、明らかに勢いを増している。敵はいよいよ全力航走に入ったらしい。今ごろ機関は全開で高温高圧の蒸気をタービン・ブレードに吹きつけ、スクリュー・プロペラが大西洋の巨大な水塊を蹴りだしていることだろう。

「的針、的速、報告せよ」

今村の指示に、やや間を置いて報告が入る。

「的速二九ノット、的針九〇度」

「まっしぐらに走りはじめたか」

「長官、敵は優速です。砲戦が長引けば振りきられます。ここは短期決戦を目指すべきです」

つぶやく草鹿に今村が進言した。

「やや南寄りに針路をとって、近づきつつ撃つ、か」

「そうです。四〇度、いや三〇度でもかまいません。敵の速力は二九ノット、こちらは『大和』の二七ノットが限界です。わずかな差ですが、完全な同航戦では距離が開くことは明らかです」

「よかろう」

今度は今村と草鹿の意見が一致した。

そこに歓喜の報告が飛び込む。

「敵四番艦に魚雷命中！　二水戦の戦果のようです」

「よし」

「幸先いいぞ」

『大和』の羅針艦橋が拍手喝采に沸いた。

敵四番艦は黒煙を吐きだして、見る見る速度を落としている。これで目標が固まった。

「『大和』目標敵一番艦、『金剛』『比叡』目標敵二番艦、『榛名』『霧島』目標敵三番艦」

遣欧艦隊は隻数の上でも優位に立った。

あとは、撃って撃って撃ちまくるだけだ。

「長官」

そこで、早川が一歩前に出て具申した。

「自分に考えがあります。敵は……」

ドイツ大海艦隊旗艦『ティルピッツ』は、がむしゃらに東を目指していた。

クリッパー形の艦首が海面を切り裂き、ドイツの誇るワグナー高温高圧缶が無類の推進力を叩きだす。

ワグナー缶はドイツの優れた科学技術力が生みだした傑作のひとつと言える。

この時代の艦艇、特に大型艦のほとんどが搭載する機関は蒸気タービンである。

蒸気タービンとは単純に言えば、缶が噴きだす蒸気でタービン・ブレードを回転させ、それを推進軸に伝えることで艦を進める機関と言える。

タービン・ブレードを勢いよく回転させるためには、高いエネルギーを持つ蒸気が必要であり、高温で高圧の缶ほど効率よく蒸気を生みだせることになる。

当然、それなりの耐久性や安定性が要求されるなど、技術的ハードルは高い。

この高温高圧缶の分野で、ワグナー缶は四五〇度、六〇気圧という、世界でも他の追随を許さない性能を誇っていた。

『大和』が搭載する呂号艦本式重油専焼缶が三二五度、二五気圧といえば、どれだけ突出した性能であるかがわかるというものだ。

(これだけの速力で走っている限り、敵に前に出られることはない。だが……)

司令官エーリッヒ・バイ少将の頭には、「日本艦隊手ごわし」との印象が、すでに深く刻まれていた。

戦艦の実力はまだわからないが、指揮官の判断は早く的確である。

また、それ以上に誤算だったのは、補助艦艇の働きである。

　先のイギリス艦隊との海戦では、巡洋艦以下の働きは目立たず、大勢に影響することはなかった。しかし、日本艦隊は違う。

　果敢に突撃してきた駆逐艦の雷撃によって、バイは敵戦艦との砲戦前に、重巡『プリンツ・オイゲン』を失ったのである。

　重巡を戦艦につぐ重要戦力と考えて帯同させていたバイにとっては、痛恨の一撃だった。

　日本艦隊は敢闘精神に溢れ、雷撃も強力だ。

　そんな思いを抱いているなか、さらに敵はバイを驚かせた。

「敵一番艦、発砲！」

　バイはそれを自身の目で認めた。

　今、自分たちと敵とは、敵がやや先行する形でハの字を遡るように進んでいる。

　左舷前方に見える敵一番艦の艦上に、たしかにそれらしい閃光が見えた。

　だが、「それらしき」だ。それだけ、まだ彼我の距離は離れている。

　夜戦で二万七〇〇〇メートルという距離は大遠距離と言ってもいいが、敵は早くも第一射を放ってきたのである。

　たしかに、こちらも届かない距離ではない。

　しかし、そんな無理をした大遠距離射撃など、当たるはずがない。

　いや、敵にはそれだけ長い射程距離があると言うのか。あるいは、夜間の遠距離射撃でも命中させる技術や装備があるのか。

　バイは疑心暗鬼にとらわれはじめた。

　そのうち、敵弾の飛翔音が轟いてくる。音の暴力とでも呼ぶべき、大気を引き裂く甲高い音だ。

「！」

　バイは目を見張った。

敵弾が突きたてた水柱は、これまで見たこともない太さと高さのものだったからである。

当然、それは威力に比例する。

(あれは四〇センチクラスの砲撃どころではない。四三センチ、あるいは四六センチクラスの砲撃だ。日本海軍は航空に軸足を移していたのではなかったのか⁉　いつのまにこんな戦艦を)

『大和』の砲撃はバイのみならず、目撃したドイツ将兵すべての度肝を抜いたのだった。

弾着は一〇〇〇メートルは離れているが、それでも不気味な衝撃が足下から伝わってくる。

(あんなものの直撃を受けたら、この『ティルピッツ』といえども……)

ドイツの戦艦は攻撃力を多少犠牲にしてでも、防御力を上げるように設計されている。

『ティルピッツ』も主砲口径は三八センチとやや控えめだが、防御力は対四〇センチクラスのものを備えているとされている。

だが、敵の砲はさらにその上をいっている。

ということは……。

想像したくもない現実の先に、バイは左右に頭を振った。

(そうだ。当たらねば、どうということはない。いくら威力がある砲撃でも、当たらねばなにほどの脅威にもならん。そうだ。そうだ。そうだろう)

バイは自分で自分を納得させた。

敵一番艦の砲撃は続く。

二射め、三射めと巨弾が宙を引き裂き、豪快に海面を突き破る。

大西洋の海水が巨峰となってそそり立ち、その頂(いただき)はどこまでも上にいくかのようだ。

命中弾はない。だが、一射ごとに弾着は確実に近づいている。ひたひたと不気味に迫られている印象だ。

「反撃しましょう。少し遠いですが、やむをえません」

「そうだな」

焦燥感を見せる首席参謀パウル・アッシャー中佐に、バイは同意した。

「敵との距離は」

「二万六〇〇〇メートルです」

「よし」

バイは立ちあがって命じた。

「『ティルピッツ』『シャルンホルスト』『グナイゼナウ』、目標敵一番艦。全力で敵旗艦を叩く。砲撃開始！」


遣欧艦隊旗艦『大和』は、全長二六三メートルの巨体を水柱の間に差し入れた。

太く長い砲身が白色の水煙を切り裂き、多量の飛沫が主砲塔の天蓋や甲板を叩く。

「艦長の思惑どおりになったな。見事だ」

「恐縮です」

遣欧艦隊司令長官草鹿任一中将の言葉に、戦艦『大和』艦長早川幹夫大佐は小さく頭を下げた。

早川が具申したのは、敵戦艦三隻――ビスマルク級戦艦一隻とシャルンホルスト級巡洋戦艦二隻の砲撃を『大和』に集中させてはどうかという意見だった。

『大和』に比べれば金剛型戦艦四隻は旧式で、もともとの防御性能も低い。

敵戦艦の主砲口径は三八センチと二八センチと、『大和』から見れば格下であり、『大和』ならばそれらの砲撃を集中されても耐えられる。

その間、なんの障害もなく、金剛型戦艦四隻が砲撃を進めれば、シャルンホルスト級巡戦二隻を楽に沈められるのではないか。

全体を見渡せば、戦術的にはそれが最良の案だと考える。

そのため、『大和』は早めに発砲して敵の注意を引く必要がある。

四六センチ砲の弾着を初めて目の当たりにすれば、きっとその脅威が頭から離れなくなるに違いない。

その結果、敵は『大和』に砲撃を集中する。

こうした早川の案に、まんまと敵はのってきたのである。

「かといって、撃たれつづけているわけにもいかんがな」

「心得ております」

草鹿と視線を交わして、早川は高声電話に手をかけた。その気持ちを察したかのように、見張員が快活に叫ぶ。

「命中！　敵一番艦に命中一」

「よおし！」

「よしっ！」

ある参謀は鼻息荒く声を出し、またある参謀は拳（こぶし）を強く握りしめた。

「砲術より艦長。次より斉射」

「了解」

早川は短く応えた。

「『金剛』『榛名』撃ち方はじめました」

「『比叡』『霧島』撃ち方はじめました」

この時点で、ついに日独の戦艦計八隻が全艦砲門を開くことになった。

砲声が殷々と洋上に響きわたり、爆風が大西洋の海面をなぎ払う。

斉射に入るところで、しばし沈黙する『大和』にドイツ戦艦三隻の着弾が相つぐ。

『ティルピッツ』の三八センチ弾が『大和』を飛び越えて海面を抉ったかと思えば、『シャルンホルスト』の二八センチ弾は『大和』の手前に着弾する。

距離も方位も精度はまだまだに加えて、集弾も甘い。それぞれが放つ着弾のばらつきは、お世辞にもいいとは言えない。

しかし、『グナイゼナウ』の砲撃は、そのばらつきが幸いする。

二発が『大和』の左舷前方に大きく外れたかと思うと、一発だけが『大和』の直前に着弾する。

噴きあがる水柱に、『大和』はまともに艦首を突き入れた。

巨大な水塊が艦首旗竿から錨甲板へとぶち当たり、白濁した海水が怒濤となって最上甲板や前部主砲塔を洗っていく。

（危なかった）

早川は苦笑した。

四六センチ弾の被弾にも耐えられる重装甲をまとっているとはいっても、それは主砲弾火薬庫や機関といった重要区画を覆うバイタル・パートに限ったものであり、『大和』の全身がそうではない。

艦型の肥大化を避けるため、『大和』はこうした集中防御方式を取り入れており、艦首や艦尾の非装甲区画は注排水による傾斜復元に頼る間接防御区画なのである。

つまり、たとえ威力に劣る二八センチ弾であっても、『大和』の艦首は破られる。

（いずれにしても、早めに決着をつけるのが得策と言えそうだな）

『大和』はこの日最初の斉射を放った。

発砲に伴う光は、昼戦時とは比べものにならないくらい強烈に見え、闇そのものを焼き払うかの印象だった。

まばゆい発砲炎に目がくらんだかと思うと、これまでの各砲塔一門ずつの試射とは比べものにならない轟音と衝撃が全身を襲った。

はらわたが揺さぶられ、早川は指先から髪の毛一本までに痺れを感じたような気がした。

その余韻が収まらないうちに敵弾が飛来する。

さすがに三隻の集中砲火を浴びるとなると、気の休まる暇はない。

まず、右舷前方に一発、やや遅れて右舷中央から五、六〇〇メートル手前に二発が着弾する。

水柱の規模と本数からいって、『シャルンホルスト』あるいは『グナイゼナウ』の二八センチ弾と思われる。

次の弾着も二八センチ弾だった。これは『大和』の後方、かなり離れた位置に三発が着弾して終わる。

次に『ティルピッツ』の三八センチ弾が降りそそぐ。

一瞬、飛来音が近づいたかと思うが、それは頭上を飛び越えて左舷後方の海面に突き刺さる。

距離は遠いが、方位は合ってきている。くぐもった水中爆発の音とも衝撃ともつかない感触が、足下からかすかに伝わってくる。

その直後、『大和』の第一斉射が敵一番艦『ティルピッツ』を捉えた。

まず艦の中央に、ついでやや後ろ寄りに閃光がほとばしる。炎を背景に黒色の破片が散り、うっすらと褐色の煙があがる。

艦容の変化はあまりない。主砲塔かなにか重要箇所を潰したと期待したいところだが、どうやらそれはなさそうだ。

その証拠に、前後にふたつずつきれいに発砲炎が閃く。

（なに、焦ることはない。あとは確率の問題だ。このまま砲撃を続ければ、常に一発か二発の命中弾が得られる。それが敵艦の重要箇所を貫くのは時間の問題だ）

早川が考えるように、第二斉射で敵一番艦は火災の炎を背負いはじめた。

第三斉射では火災の勢いを増すとともに、特徴的な細いメインマストを根元からもぎとったようだった。

敵一番艦の艦容が少し変わった。

しかし……。

不意に金属的な異音が背中を叩き、草鹿も早川も振り返った。

「第三主砲塔に直撃弾も被害なし」

『大和』の分厚い装甲が真価を発揮し、敵弾を跳ねかえしたのである。

だが、敵は予想以上に早く命中弾を得た。その事実が重要だった。

草鹿と早川は顔を見合わせた。

衝撃の大きさからいって、命中したのはビスマルク級戦艦の三八センチ弾ではなく、シャルンホルスト級巡戦の二八センチ弾である。

しかし、ここで目標を変更するわけにはいかない。

問題は、それだけにとどまらなかった。悪いときには悪いことが何度も重なるものである。

次の敵弾の飛来で、早川らは頭上にかすかな衝撃を感じた。まともに命中したわけではなかったのだが……。

「砲術より艦長。方位盤がやられました。敵弾がかすった影響で旋回不能。副射撃指揮所に切り替え、砲撃続行します」

「了解」

早川は唇を噛みながら、高声電話の受話器を置いた。

前檣最上部にある方位盤は、主砲射撃における脳のような存在である。それが機能不全に陥った今、後檣にある予備の副射撃指揮所に砲戦指揮を移すしかないが、高さが低く、装備も劣るために精度低下は否めない。夜戦である今はなおさらだ。

実質的に『大和』の砲戦能力は大幅に低下したのである。

それに追いうちをかけるように、命中の衝撃に艦が揺らぐ。金属的な叫喚を伴って、炎の赤い光が射し込む。

今度は近い。

「右舷中央に直撃弾！　第二高角砲塔全壊」

「いったい、第三戦隊はなにをしているんだ！」

苛立つ今村が、目を吊りあげながら振り返った。

「自分たちは砲撃を受けずに、なおかつ二隻で一隻を相手取る圧倒的優位な立場にありながら、敵にこれほど自由に撃たせるとはなにごとか」

今村の双眸は怒気をはらんでいた。

『大和』が撃つ。だが、心配したように命中弾はない。測的精度の低下と切り替えによる誤差が災いしたようだ。

次も同じである。九門の主砲は空振りを繰りかえすだけだ。

「長官、距離を詰めさせてください。面舵一杯で突撃するとは申しませんが、このままもたもたしていては最悪、敵に振りきられかねません」

「その場合、敵の砲撃精度も上がってしまいます」

早川の意見に今村が続いた。今村の目は「危険性が大きすぎる。反対だ」と訴えていた。

「承知の上です、長官」

早川の声には覚悟がこもっていた。

「肉を切らせて骨を断つ。本艦を信じましょう。ここは一撃必殺を狙ってもいい場面だと考えます。万が一にも、敵を取り逃がすわけにはまいりません」

「水雷屋らしい発想だな」

草鹿は早川の目を見つめたまま、しばし逡巡した。その間にも砲声が轟き、独特の風切音が響く。

「やってみろ。艦隊針路一三〇度」

草鹿は断を下した。


日独戦艦の砲戦は目まぐるしい展開で進んだ。

大西洋は沸騰し、渦巻く風が硝煙のにおいを運ぶ。

この一戦の重みを知る男たちの魂が、巨弾にのってぶつかり合った。国の誇りを背負った者たちの意地と執念が、絶叫とともに交錯する。

限界を超えて、命尽きるまで戦おうとも、勝者と敗者との境界線は残酷なまでに明白となる。

勝者は、二人はいらない。

そこを勝ち抜き、頭一つでも指一本でも先をいく者が世界一という称号を手にするのだ。

戦艦『ティルピッツ』の状況は、日本側が考えるよりもはるかに深刻だった。

「前部火災、消火中なれど鎮火に至らず。このまいけば前部弾火薬庫への注水やむなし」

「艦尾注水、傾斜復元なるも、これ以上の注水は不可」

いずれも限界を予感させる報告だった。

上甲板には大穴が穿（うが）たれ、喫水線上部の舷側には亀裂も走っている。

被弾がことごとく重要箇所を外れていただけのことだった。

『ティルピッツ』は砲戦開始前の戦闘、航行能力を維持してはいたものの、もはや余裕はなかったのである。

しかし、悲観的な材料ばかりではない。

敵一番艦には、すでに『グナイゼナウ』が命中弾を送り込み、『ティルピッツ』もまた夾叉（きょうさ）弾を得た。

これからは二隻合計一七発の砲弾が、敵一番艦に向けて正確に放り込まれる。

いかに堅牢な戦艦といえども、不沈艦などこの世には存在しない。形あるものは必ず壊れる。水に浮くものは、いつしか沈む。

ドイツ大海艦隊司令官エーリッッヒ・バイ少将はそう考えていた。

あとは、どちらが先に倒れるかだ。

「我がドイツの技術力は世界一である。あの化け物のような敵の新型戦艦を相手にしても、この『ティルピッツ』は健在である。

これぞ、我がドイツ第三帝国の力だ。極東の後進国が造った艦などに負けるわけがない」

「そういえば」

強がるバイに、『ティルピッツ』艦長ハンス・マイヤー大佐が首をかしげた。

「どうも敵の砲撃が一時的に弱まったような気がしますが」

「たしかに、そうです」

首席参謀パウル・アッシャー中佐が続いた。

「発砲は続いていますが、ここ数回命中弾がありません。もしかすると、我々の砲撃がラダールや測距儀を傷つけ、敵は砲撃に支障をきたしたのかもしれません」

「だとすれば、なおさらだ。今のうちに撃って撃って撃ちまくり、あの化け物を沈めるのだ。我々は進むしかない。わかっているな」

「はっ」

マイヤーもアッシャーも、バイの言葉の意味を理解していた。

栄光か死か。自分たちにはそのどちらかしかない。第三帝国は敗者に寛容なほど甘くはない。任務失敗は、そのまま死を意味するのである。

大西洋の暗い水底に沈むよりは、きらびやかな勲章を胸に、ベルリンをパレードしたほうがいいに決まっている。

三人の期待をのせた三八センチ弾が、敵一番艦に炸裂する。

「命中、命中！」

続いて、『グナイゼナウ』の砲撃も敵一番艦の艦上に命中の炎を躍らせる。

だが、そうした状況も長くは続かなかった。

「『シャルンホルスト』大火災！」

「なんだと！」

バイは振り返った。

『ティルピッツ』に続行していた『シャルンホルスト』が、松明のように燃えあがっていた。

けっして忘れていたわけではなかったが、敵は未曾有の巨砲を持つ一番艦だけではない。二番艦から五番艦までが『シャルンホルスト』と『グナイゼナウ』に砲撃を浴びせていたのである。

いつまでも無傷でいられるはずもなかった。

そして、『ティルピッツ』もまた……。

横殴りの衝撃にバイもアッシャーも、司令塔にいた誰もが弾け飛んだ。

轟音が両耳から入って脳内をかき回し、目の前に火花が散ったような錯覚を覚える。

なにが起こったか、あらかた予想はついた。敵一番艦の砲撃が、ついに『ティルピッツ』の要所を捉えたのである。

『ティルピッツ』のアントン――一番主砲塔はこの一発で撃砕された。

自慢の長砲身四七口径三八センチメートルSKC34砲は、一本があらぬ方向にねじ曲がり、もう一本は根元からきれいさっぱりもぎ取られていた。

世界最強の艦砲である『大和』の九四式四五口径四六センチメートル砲が、ついに牙を剥いたのである。

敵艦三隻はいずれも炎上していた。

それでもなお、遣欧艦隊旗艦『大和』艦長早川幹夫大佐は、硬い表情を崩さずに対処指示を続けていた。

「結果的に艦長の案は、この『大和』のみならず、第三戦隊にとっても吉と出たわけだ」

遣欧艦隊司令長官草鹿任一中将は、早川を一瞥した。

前檣最上部にある方位盤の故障によって低下した砲撃精度を見て、早川は距離を詰めるよう具申した。

距離を詰めることによって、『大和』はそれまで以上に敵弾を浴びることになったが、早川の期待どおりに『大和』は分厚い装甲でそれに耐えきった。

次々と降りそそいだドイツ戦艦の徹甲弾は『大和』の右舷側の高角砲や機銃座を爆砕し、艦首や艦尾の非装甲部を貫いたが、主砲塔や機関といった重要箇所を傷めつけることは、ついになかった。

そして、この間に思わぬ副次効果が表れた。

考えてみれば当然のことなのだが、『金剛』『比叡』『榛名』『霧島』の第三戦隊の砲撃精度が上がり、敵二番、三番艦を追いつめることになった。

『大和』自身の砲撃も、正確性を取り戻した。

早川の判断とそれを支持した草鹿は正しかった。

対して、ドイツ大海艦隊司令官エーリッヒ・バイ少将の決断には、いささか焦りが見えたことは否めない。

全力で最強の敵を叩く。それが集団戦のセオリーであることは間違いない。

しかし、大海艦隊の目的は敵艦隊の撃滅ではなく、突破にあった。

もし、大海艦隊の戦艦三隻がそれぞれ個別の相手を攻撃したとすれば、撃沈はともかく、敵戦艦の何隻かの足を止めることができたかもしれない。

さらに思いきって『ティルピッツ』までも格上の『大和』ではなく、格下の金剛型戦艦を狙っていれば、砲戦そのものの展開も劇的に変わっていた可能性もゼロではない。

しかし、『大和』の凄烈な砲撃を目の当たりにしたバイは、脅威を感じるあまり、それへの集中砲火を命じてしまった。

勝敗はこの時点で、あらかた決していたのかもしれない。

「それにしても、しぶといですな」

早川の声には唖然とした響きがあった。

敵一番艦はたび重なる被弾にもかかわらず、なお発砲の火を絶やしていない。

しかも食らっている巨弾が、世界最大最強の口径四六センチの徹甲弾であるにもかかわらずだ。

乗組員の対処能力を含めて、驚くべき防御力といえた。

「ドイツの艦艇は伝統的に防御重視と聞くからな。とはいっても、そういつまでももたんだろう」

草鹿の言葉を裏づけるように、次の一撃は痛打となった。

全長二メートル、重量一・五トンほどの徹甲弾一発が『ティルピッツ』の前檣上部を直撃し、特徴的な探照灯ごと上部半分を切断したのである。

また、もう一発は艦の中央を襲い、航空兵装を粉微塵に爆砕した。

その場にあった航空燃料はたちまち引火、誘爆し、その影響で後部ツェーザル——三番主砲塔は浮きあがり、発砲不能に追い込まれた。

『ティルピッツ』は青白い炎を曳き、多量の黒煙に包まれはじめた。

その黒煙の陰から毒々しい赤色の炎も見え隠れ

を繰りかえしている。

今ごろ艦内の乗組員は煙にむせび、吹き込む熱風と奥深くに進む浸水に、抜き差しならない事態に追い込まれているに違いない。

ところが驚いたことに、その煙の中からなお発砲の閃光が弾き出た。

思惑や目的の違いはあれど、同じ海の武人としてみれば称えるべき執念だった。

しかし、それが『大和』を捉えることは、もはやない。

『ティルピッツ』に残った四門の主砲から放たれた徹甲弾は、いずれも見当違いの海面に突き刺さるだけだった。

左右の傾斜もトリムも狂ってしまった艦には、正確な射撃など望むべくもなかった。

対して『ティルピッツ』には、『大和』に加えて『金剛』『比叡』の射弾も降りそそぎはじめている。

草鹿はゆっくりと振り返った。

「勝負あったな」

「はっ」

そこで、早川はようやく表情を緩ませた。

方位盤の損傷による主射撃指揮所の機能不全という不運もあったが、自分らはそれを乗り越えた。

九門の主砲こそ健在だが、『大和』も傷つき、反省材料も正直あるが、フランス西岸へのドイツ艦隊の突入を阻んだ。

これで任務は達成である。

これは、ドイツの水上艦隊を事実上消滅させたという戦術的勝利以上に、大陸反攻作戦を成功に導くなによりの戦略的勝利だった。

今はそれを素直に喜んでもいい。

再び敵一番艦の艦上に、鮮烈な閃光がほとばしった。爆風が一時的に黒煙を払いのけ、叩き割られた主砲塔や残骸の堆積物が垣間見える。

『ティルピッツ』とドイツ海軍の最期を告げる、とどめの一撃だった。


ドイツ大海艦隊司令官エーリッヒ・バイ少将は壁に寄りかかりながら身体を起こした。

顔は煤で汚れ、焼け焦げた軍装からは鮮血がしたたりおちている。

感覚が戻ると、左脚と脇腹に激痛が走った。骨折となにかが深く突き刺さったためと思われる。

「誰か、誰かいないか」

返事はない。まわりはみな息絶えており、旗艦『ティルピッツ』の司令塔で生き残っているのは、バイ一人だった。

『シャルンホルスト』が沈み、『グナイゼナウ』も沈黙した。

残りは『ティルピッツ』一隻だけだが、その『ティルピッツ』も瀕死の状態である。

傾斜は進み、速力も大幅に衰えている。主砲はなお発砲しているようだが、艦がこの状態では命中の可能性は皆無に近い。

「極東民族が造った艦に敗れるというのか」

バイは蔑視的につぶやき、対峙する敵一番艦を凝視した。

独特の曲線を描いた最上甲板に、全体として均整のとれた艦上構造物が配されている。発砲炎は今まで見てきたどの戦艦よりも強烈に見える。

だが……。

「認めん。認めんぞ。極東の艦が上などとは」

バイはナチスが提唱する選民思想と民族優越主義を支持していた。

自分たちアーリア人は、東方のスラブ民族などに比べて、あらゆる能力で上に立つ存在である。

ましてや、極東の黄色人種など比較対象にすらならない。

　しかし、現実は違った。

　日本が宣戦布告してきた時点で、海軍力ははるかに自分たちが劣っていたはずだが、その事実も受け入れられずにドイツはここまで来た。

　敵は数だけでなく、個艦性能でも、そして戦術でも優っていた。

　それが残酷なまでに明白に、砲戦の結果としてドイツに突きつけられたのだった。

「まあいい」

　バイは幽鬼の表情でつぶやいた。精神的に限界を超えたバイの視線はさまよい、声も裏返っていた。

「せいぜい勝ったつもりでいるんだな。だがな、お前たちはすぐに知ることになるだろう。神聖なる我が第三帝国の領土、領海に手を出したことが、どんな報いを受けるのかを。

　幾多の新兵器がお前たちに洗礼を浴びせることになるだろう。そして、お前たちはけっして這いあがることのできない絶望の淵でもがくことになるのだ」

　バイの口から、狂人と化した笑い声がこぼれ出た。はじめは小さく、そして徐々に大きくなっていく。その声をかき消すような飛来音が迫る。

　それが極大に達した瞬間、バイの視界は暗転し、音という音すべてがそこに飲み込まれた。

　バイは裂けんばかりに目を見開いた。軍人としての最期、人としての終焉。自分は第三帝国の礎（いしずえ）となったのだ。

「第三帝国に（栄光あれ！）」

　そこで、バイの意識はぷつりと途絶えた。

　痛烈な衝撃波と熱風に、バイの肉体は瞬間的に無に帰したのである。

　同時に、旗艦『ティルピッツ』も力尽きた。

全長二四八メートル、全幅三六メートルの艦体は真っ二つに折れ、巨大な渦に飲み込まれるようにして消えた。

『大和』の四六センチ徹甲弾一発が、『ティルピッツ』の司令塔から深部へと貫通した結果だった。

第6章
逆襲の米機動部隊

一九四三年七月三〇日　横須賀

艦政本部長井上成美中将は報告と見舞いを兼ねて、横須賀の海軍病院を訪れていた。

「大鳳型の三番、四番艦が戦列に加わったそうだな。その上、『伊吹』や『酒匂』も就役したとか。ハワイ作戦の痛手を回復させるだけでも大変だったろうに。よくやってくれた。

それにひきかえ、この老いぼれはなにをしているのだろうな。こんなお国の一大事に情けない」

前海軍大臣山本五十六大将は、珍しく弱音を吐いた。

仕方のないことだと、井上は思う。

ここ数カ月、海軍大臣の職務は激務につぐ激務の連続だった。

イギリス、フランスと合同の大陸反攻作戦が計画にのぼったころから、恐らく一日たりとも気の休まる日はなかっただろう。

大陸反攻——フランス西岸ノルマンディーへの上陸作戦は成功し、欧州奪還に進む陸上部隊は、早くもフランス全土の半分を掌握する勢いで快進撃を続けているという。

東からはソ連も大規模な反撃に出ており、ソ連領内からドイツ軍を完全に駆逐する勢いだという。

こうして欧州戦線は終局に向けて大きく動きだ

したが、太平洋戦線は違った。

日英の目が欧州に向いている間に、アメリカは一挙に西太平洋に踏みこみ、台湾、マリアナを急襲したのである。

ここで衝撃的だったのは、アメリカ海軍が日本海軍を真似て機動部隊を編制してきたという事実だった。

空母の集中と艦載機の大量投入という日本海軍の専売特許を、ついにアメリカ海軍も実行に移してきた。

マーシャルには再び水上部隊が出現し、クェゼリン、メジュロなどの要衝がアメリカ軍の手に落ちた。

攻めるべきか、守るべきか。イギリスはマーシャルの奪回と元を断つ意味でのハワイ攻撃を主張したが、日本はそれだけの長征を行う余力はもはやないと反論した。

日本が主張したのは千島列島から日本本土、台湾、マリアナ、フィリピンからオーストラリア東部に至る絶対防衛圏の設定だった。

幸い、日英の勢力圏内で資源と食糧の自給自足体制が維持できていることから、思いきって西に退き、環太平洋沿いに守りを固めてアメリカ軍に出血を強いようというのである。

マーシャルの奪回やハワイ攻撃をイギリス軍が単独で実施できるはずもなく、イギリスもやむなくアメリカの出方をうかがうことになった。

これらの状況分析と交渉に、先頭に立って尽力したのが山本だった。

山本はイギリスとの戦略的方向性を一致させたところで、ついに過労で倒れて入院という羽目に陥ったのだった。

この時期に海軍大臣の空白は許されず、山本は海軍大臣を退き、後任にはイギリスから帰国した野村直邦大将があてられることになった。

山本が腐心してまとめあげた環太平洋絶対防衛圏だったが、その広大な全域に充分な戦力を配置することは不可能だった。

アメリカの遠征能力は日英を大きくしのいでおり、いまやアメリカの出現を否定できる場所は太平洋のどこにもなかった。

情報を先取りし、的確に戦力を配置することが必要だったが、問題はそれだけではなかった。

「連合艦隊司令部は、敵の次の目標をマリアナの奪取にあると見ています。軍令部もおおむねその意見に賛同しています」

「イギリス軍からもたらされた、例の情報のためだな」

「そうです」

山本と井上は、アメリカが開発しているとされる超重爆撃機を思い浮かべた。

全長三〇・二メートル、全幅四三・一メートル、爆弾搭載量九〇〇〇キログラム、実用上昇限度九七一〇メートル、航続距離六六〇〇キロメートル――どれをとっても、これまでの爆撃機がおもちゃにしか見えない、驚愕の巨人機だった。

日本海軍の主力爆撃機である一式陸上攻撃機と比較すれば、ざっと五倍の容積になる。

球形の機首からそのままつながる丸い棒状の胴体に、それぞれ二基の発動機を据えた長大な主翼、巨大なうちわを思わせる垂直尾翼らからなる魁偉な完成予想図も、身の毛がよだつものだった。

特に重要になるのが、六六〇〇キロメートルの航続距離である。これは、マリアナ諸島と日本本土との往復が可能になることを意味していた。

つまり、マリアナを失えば、日本本土が空襲圏内に入るということである。

「本当にそのような化け物じみた機体を造れるの

でしょうか」

「アメリカの工業力なら可能かもしれんな」

井上に残る疑問を山本は一蹴した。

「アメリカはでかいぞ。この目で見てきたから、よくわかる」

山本は佐官時代に二年間の駐米経験があった。そのときに見たテキサスの大油田やデトロイトの大工業地帯は、アメリカが日本などとは比べものにならない超大国であるという意識を、強く山本の根底に植えつけていた。

「それを倒さねばならんのだから、生半可な覚悟では無理ということだな」

「古賀長官は連合艦隊の全力をマリアナに投入すべきだと主張されておりますが、軍令部の一部に本土奇襲を危惧する意見が残っています」

「アメリカが機動部隊を編制した今、それを完全には否定できんからな」

山本と井上は、そこで深いため息を吐いた。

一難去って、また一難。せっかく見えた明るい兆しはすぐに消え、疲労感と徒労感ばかりが重なっていくような日々だった。

しかし、投げだすわけにはいかない。なんらかの打開策をとめぐらす二人の思考は、出口のない迷宮に入り込んだようなものだった。

一九四三年七月三一日　南鳥島

全島に空襲警報が鳴り響いたとき、アメリカ軍の艦載機隊はもうすぐそこまで迫っていた。

守備隊将兵は迎撃準備もままならず、ただ泡を食って逃げまどうだけだった。

防空壕に入った者はまだよく、手近な雑木林に飛び込む者やドラム缶の陰に身を隠す者もいる。

轟々としたエンジン音が不気味な耳鳴りとなっ

て高まるなか、整備員は必死の形相で機体を掩体壕に押していく。だが、それも「退避！」の号令で泣く泣く放棄して、身を守ることを優先せざるをえなくなる。

しかし、それでも少数の戦闘機は暖機運転もそこそこに、果敢に大地を蹴って飛びあがった。

「ジーク（零式艦上戦闘機）！」

敵機発見の報告に、戦闘機隊が前に出た。

「おとなしく隠れていればいいものを」

空母『ヨークタウン』を母艦とする第一戦闘飛行隊（ＶＦ１）に所属するマリオン・カール中尉は、上昇してくる零戦を認めた。

今回、カールらが負っている任務は、敵マーカス島（南鳥島）の航空基地破壊である。

マーカス島の航空基地そのものは小さく、駐留兵力もたいしたことはないが、敵はそこを哨戒や緊急退避、中継の拠点として重用しているとの理由で、攻撃の対象に選定された。

もちろん、これは後に実行される大きな作戦の前準備とされている。

「もう、この空はお前たちのものではない。それを思い知るがいい」

開戦当初、アメリカ陸海軍は日本軍の航空隊に、常に苦杯を舐めさせられてきた。

日本軍の航空戦力は機体もパイロットも、そして戦術も、あらゆる点で洗練され、アメリカ軍を上まわっていたと言える。

特に日本海軍の空母艦載機隊はその中でも傑出した存在であり、ジークと呼ぶ常識を超えた性能を有する機体と神がかり的な技量のパイロットとに、自分たちはきりきり舞いさせられてきた。

爆撃機や雷撃機も、自分たちの想像をはるかに超える攻撃力を持っていた。

敵はその実力をカロリン諸島沖やフィリピンでいかんなく発揮してみせて、世界にその名を轟かせた。

当時、太平洋の空は日本軍のものといえた。

もちろん、自分たちアメリカ軍もそれを目の当たりにして、手をこまねいていたわけではない。

航空戦力の有効性に気づかされたアメリカは国をあげて、その整備に邁進したのである。

しかし、日本軍の航空に関する研究は、一〇年は先をいっていた。

一歩どころか、二歩も三歩も先をいく敵に追いつくのは容易でなかった。

工場や造船所で航空機や空母ができあがっても、それを動かす人の養成はそう簡単ではなく、また戦術の開発はそれ以上に難題だった。

そうした潮目が変わりはじめたのは、ソロモン諸島をめぐる攻防戦のあたりからだった。

そのころになると、ようやく前線に新型戦闘機が到着しはじめ、またジークに関する戦闘データや鹵獲(ろかく)した機体の解析が進み、効果的な対策がとられはじめた。

ジークは低中高度での格闘戦は圧倒的だが、高度が上がれば性能は著しく低下する。また、機体は華奢で急降下速度の限界が低い。

すなわち、高速力の機体をもってしての一撃離脱、さらにいえば高高度からの急降下による一撃離脱が、対ジークの空戦では最適な攻撃法であるという結論を、アメリカ軍は得たのである。

しかし、まだ問題はあった。

ソロモンで対ジーク戦に活躍した戦闘機はいずれも重戦闘機であり、陸上発着専門の機だった。

これでは洋上を移動しながらの柔軟な作戦が決行できないなど、任務に大きな制約が残ってしまう。

艦載戦闘機は、グラマン社がＦ４Ｆワイルドキャットを開発したが、ジークを上まわるものではなかった。

さらに、空母を集中しての艦載機の大量運用にはかなりのノウハウが必要であり、それを会得するのに自分たちは想像以上の時間を要した。

それらいっさいを克服して、自分たちはあらためて西へ向けて進撃を開始した。

今回の任務には新型空母『エセックス』『タイコンデロガ』の二隻が加わり、戦闘機もＦ４Ｆに代わる新型戦闘機が大々的に配備されていた。

「山猫(ワイルドキャット)とは違うのだよ、山猫とは」

カールはスロットルを開いて機体を加速させた。

最大出力二〇〇〇馬力のＰ＆Ｗ・Ｒ－２８００－10ダブルワスプエンジンが、ぐいぐいと機体を引っ張っていく。

Ｆ４Ｆまでの機体ではけっして得られなかった加速感である。

標的との距離をいっきに詰めて、ブローニング一二・七ミリ機銃をうならせる。

両翼の銃口が閃き、銃弾がジークに殺到する。

あっけない最期だった。標的のジークは回避行動もとれないまま、多数の破片を散らして墜落した。

別のジークが追ってこようとしたが、カールは高速のままそれを難なく置きざりして離脱した。

快勝にカールの頬が自然に緩む。

新型機Ｆ６Ｆヘルキャットの性能は、カールらアメリカ海軍の艦戦パイロットを満足させるものだった。

小型で主翼の折りたたみ機能が必要になるなど、艦載機としての制約はあるが、そこそこの航続力と旋回性能を確保しつつ、高速力があって急降下性能は抜群だった。

頑丈な機体は多少パイロットが無理な機動を要求しても応えることができ、被弾時にも優れた耐性を示した。

「もはやこの太平洋の空はお前たちのものではない。蒼空の覇者は我々だ！」

カールは機体をひねり、誇らしげに星のマークを輝かせた。陽光を浴びたそれは、空の主（あるじ）が交代したことを示していた。

マーカス島の日本軍基地は、またたく間に壊滅した。

アメリカ軍の機動部隊は太平洋の西深くまで侵出し、はっきりと逆襲の旗を振りあげたのだった。

一九四三年八月三日　瀬戸内海

空母『大鳳』戦闘機隊第一中隊第三小隊長田澤永江飛行兵曹長は、母艦の飛行甲板上でひとり風を浴びていた。

「また、よからぬことでも考えられとるのですか」

近寄ってきたのは川端甚作一等飛行兵曹だった。ソロモンで負傷して内地後送となった枝野哲蔵二等飛行兵曹の代わりに、田澤の二番機を務めるようになった男で、田澤より五歳年上の古参搭乗員だった。

「うん？　ああ、そのよからぬことではないさ。わかっているよ」

田澤は、川端が着任して最初の空戦のときのことをよく覚えていた。

当時は枝野と三番機の亀山一平二等飛行兵の二人を相ついで失ったことで、田澤の心はすさんでいた。空戦から戻るたびに、また生き残ってしまったと嘆く日々だったのだ。

「失礼ですが、『いつ死んでもいい』なんて言う人こそ、なかなか死なないものなのかもしれませんな。

それだけの覚悟があって、それこそ全身全霊を傾けて真剣勝負に臨む。敵だって、そういう人を簡単に落とせるわけがない。ある人が言っていましたわ」

この川端の言葉に、田澤ははっとした。いつのまにか、自分は勝手な思い込みにはまっていたのかもしれないと。

田澤は家から持たされたお守りを、飛行服の内にしのばせていた。それにそっと触れる。中には親が勝手に決めた相手だが、許嫁（いいなずけ）の写真も入っていた。

「待たなくていい。いい男がいれば、そちらにいって構わない」と言ってきた。

死ぬかもしれない男を待つような不幸な真似はさせられないという配慮のつもりだったが、「必ず帰らねばならない」という責任を背負いたくなかったという自分の逃避だったかもしれないなと、田澤は思い返したのだった。

こうして田澤にも心境の変化が表れた。

本当の勝利というものは、自分が生き残ってこそのものではないのか。次の戦いに、またその次の戦いにも臨んで貢献する。それがお国のために働くということである。

死ぬのは簡単だ。だが、それは最後まで戦ったと勝手に納得する自己満足にすぎないのかもしれない。もっと言えば逃避だ。そこでやめてしまえば楽になる。本当につらいのは、苦しい戦いを続けていくことなのだと。

中部太平洋方面での戦況の悪化は、不確かながらも艦載機搭乗員にまで伝わっていた。

ソロモンの攻防戦は苛烈ではあったが、局地戦の域を出るものではなかった。

しかし、今度は違う。

敵は艦隊、しかも自分たちと同じ機動部隊を押したてて攻めてきた。

開戦劈頭(へきとう)の打撃から再生するどころか、さらに力を増して敵は再び太平洋を西に向かって進んできた。

これは間違いなく、敵の本格的な反攻作戦である。日本海軍将兵が感じる威圧感は、開戦時にも増して大きかった。

敵の空母機動部隊でさらに問題となるのが、新型艦載戦闘機の存在だった。

諜報活動の結果、その新型機はＦ６Ｆヘルキャットと呼ばれるグラマン社製の機とわかった。

ソロモン攻防戦が終わってから姿を見せはじめたこの新型機は、特に高速力と急降下性能に優れ、また防御も固く、被弾してもなかなか火を吹かないという。

これまで制空権維持に貢献してきた零式艦上戦闘機の優位は失われ、一対一の空戦では明らかに不利であると、前線の搭乗員たちは異口同音に答えている。

田澤も一度だけだが、そのＦ６Ｆと銃火を交わしたことがあった。

恐ろしい敵だった。

Ｆ４Ｆに似て、太く短い胴体と長方形の主翼からなるフグを思わせる外観は、けっして速そうに見えないものの、急降下はもちろん直進的な速度競争では、まず零戦は追いつけない。

なんとか隙を見つけて銃撃を突き込んだ田澤だったが、七・七ミリは言うに及ばず、二〇ミリ弾ですらも数発の命中では撃墜に追い込めなかった。

恐らく、ずんぐりとしたあの機体の内側には、厚い防弾鈑が仕込まれているのだろう。

よって、Ｆ６Ｆを撃墜するためには、より接近した位置から集中射を浴びせる必要がある。それは零戦には厳しい注文だ。

その上、田澤には個人的にも大きな懸念材料があった。

戦友ブレンダン・フィニュケン大尉から伝えられたブラッディ・グラマン——血染めのグラマンこと敵のスーパー・エースは、日本海軍内でも有数の技量を持つ田澤にしても、手に余る相手だった。

操縦技術はもちろん、判断力や空戦中の駆けひきなど、どれをとっても一級品の敵に、すでにかなりの僚機が落とされたに違いない。

さらに田澤は、ソロモン上空で亡霊を見た。正確には亡霊としか思えない死んだはずの人間が、ありえない形で現れたのだ。

「鬼島……中尉」

田澤は険しい表情で、その名を口にした。

ふとしたことから一方的な恨みと妬みを買い、イギリス本土で、太平洋上で、執拗かつ陰湿な嫌がらせをしてきた相手である。

そのときは百歩譲れば味方であり、上官だったが、カロリン諸島沖海戦の終盤、鬼島はついに限界の一線を越えて、田澤に実弾での空戦を挑み、敗れて姿を消した。

洋上ど真ん中でのことであり、当然、鬼島は自死したものと思われていたが、事もあろうに鬼島はソロモンで敵として、再び田澤らの前に現れた。

しかも、その自己中心的で高慢、狡猾な性格そのままに、鬼島は汚いやり方でためらいもなく田澤の部下である亀山一平二等飛行兵を撃墜した。

このとき、田澤にとって鬼島は嫌悪すべき存在から、復讐すべき敵に変わったのだ。

鬼島は平気で予告なく背中を撃つ汚い男だが、それでいてそこそこ腕もたつ、厄介な男だった。

それらが新型戦闘機を手にすれば、ますます事態は悪化する。

だからこそ、この機体がいる。

「一刻も早く、この機で前線に戻らねばならない」

田澤は新型機への機種転換訓練の真っ最中だった。

機体が二回りほど大きくなったことにはじめは戸惑ったが、零戦に比べて水平旋回はやや悪化しつつも、垂直旋回は期待以上のものであること、水平飛行での速力向上はもちろん、上昇力は格段に向上していること、旋回や急降下時の限界は著しく高まっていること等々、機体の特徴や癖をようやくつかみかけていた。

それらは、小型軽量でありながら、ほぼ倍の出力を叩きだす新型発動機と、大面積の主翼がもたらしたものだが、飛ばせば飛ばすほど期待が高まってくる。

機首に据えた一基の空冷発動機と尾部に向けて絞り込んだ胴体、良好な視界を提供する涙滴型コクピット、低翼式の主翼といった基本仕様は、零戦のものを踏襲している。

だが、全体的にさらに滑らかな曲線で構成された機体と小型化された発動機は、空力学的な洗練がさらに進んでいることを示唆し、そしてなによりそれぞれＶ字に湾曲した主翼は革新性を思わせた。

この機体には、零戦に不足していた力強さや豪快さといったものが備わっていた。

蒼空の覇者の座を日本海軍が取り戻すための切り札——田澤をはじめ、日本海軍の期待を一身に集めた新型艦載戦闘機は『烈風』と命名されていた。


（次巻に続く）

RYU NOVELS

蒼空の覇者②
鳴動する大洋！

2015年2月6日　初版発行

著　者　遙　士伸（はるか　しのぶ）
発行人　佐藤有美
編集人　渡部　周
発行所　株式会社　経済界
〒105-0001 東京都港区虎ノ門 1-17-1
出版局　出版編集部☎03(3503)1213
出版営業部☎03(3503)1212
振替　00130-8-160266

ISBN978-4-7667-3216-0

印刷・製本／日経印刷株式会社

Printed in Japan

RYU NOVELS

合衆国本土血戦 [1][2]	吉田親司
日布艦隊健在なり	羅門祐人 中岡潤一郎
絶対国防圏攻防戦	林　譲治
大日本帝国最終決戦 [1]～[4]	高貫布士
蒼空の覇者	遙　士伸
帝国海軍激戦譜 [1][2]	和泉祐司
菊水の艦隊	羅門祐人
皇国の覇戦 [1]～[4]	林　譲治
異史・第三次世界大戦 [1]～[5]	羅門祐人 中岡潤一郎
零の栄華 [1]～[3]	遙　士伸
列島大戦 [1]～[11]	羅門祐人
蒼海の帝国海軍 [1]～[3]	林　譲治
亜細亜の曙光 [1]～[3]	和泉祐司
大日本帝国欧州激戦 [1]～[5]	高貫布士
烈火戦線 [1]～[3]	林　譲治
激浪の覇戦 [1][2]	和泉祐司
帝国亜細亜大戦 [1][2]	高貫布人 高嶋規之
連合艦隊回天 [1]～[3]	林　譲治
興国大戦1944 [1]～[3]	和泉祐司
真・マリアナ決戦 [1][2]	中岡潤一郎